KB114262

FUSION FANTASTIC STORY
SOKIN 장편소설

재벌 작가

재벌 작가 1

SOKIN 장편소설

초판 1쇄 찍은 날 § 2017년 10월 18일
초판 1쇄 펴낸 날 § 2017년 10월 25일

지은이 § SOKIN
펴낸이 § 서경석

총괄팀장 § 최하나
편집책임 § 김경민
편집 § 이종식

펴낸곳 § 도서출판 청어람
등록번호 § 제387-1999-000006호
등록일자 § 1999. 5. 31
어람번호 § 제1-2779호

주소 § 경기도 부천시 부일로 483번길 40 서경B/D 3F (우) 14640
전화 § 032-656-4452 팩스 § 032-656-4453
http://www.chungeoram.com
E-mail § chungeorambook@daum.net

© SOKIN, 2017

ISBN 979-11-04-91485-0 04810
ISBN 979-11-04-91484-3 (세트)

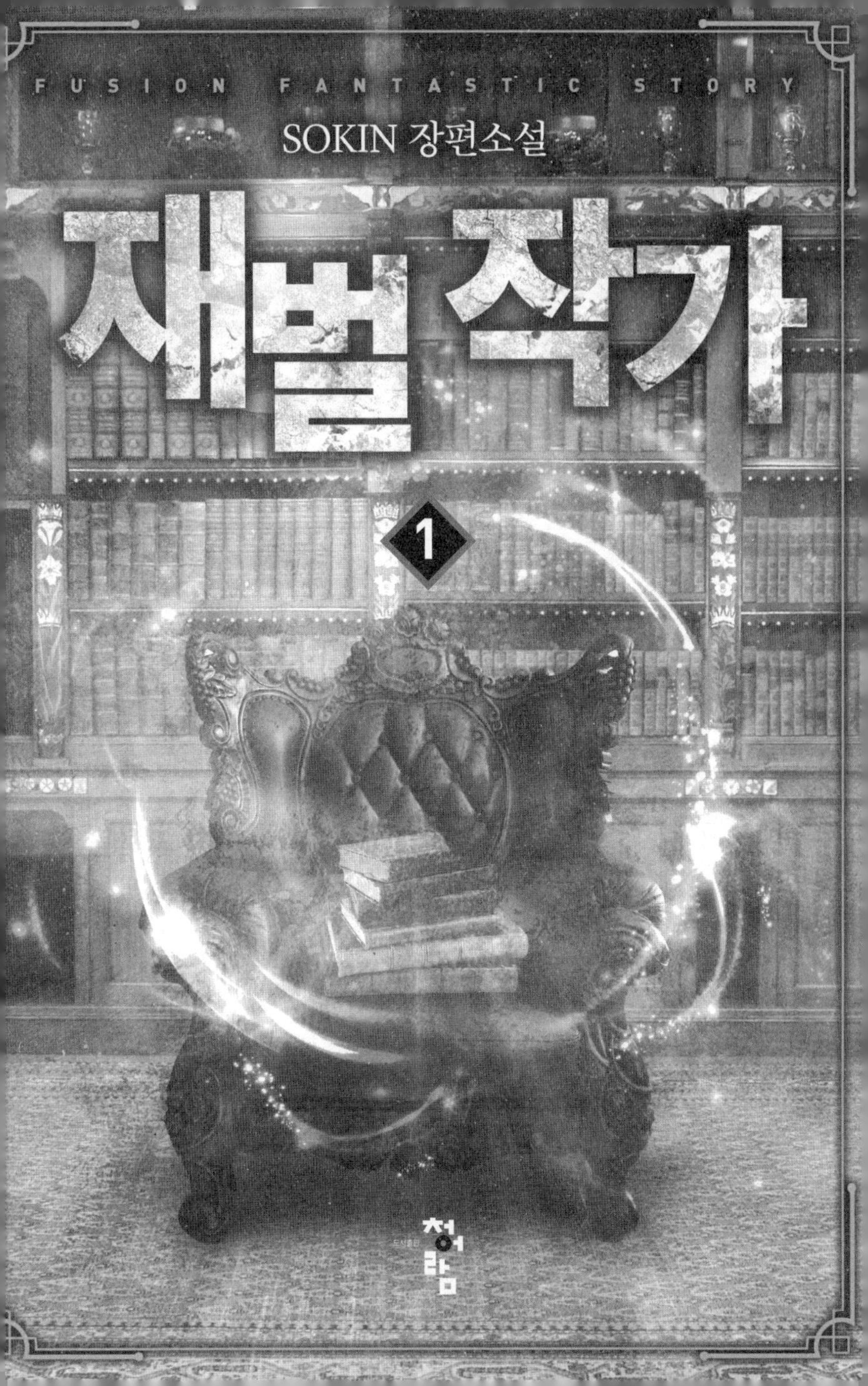
FUSION FANTASTIC STORY
SOKIN 장편소설
재벌작가
1
청어람

Contents

재벌 작가

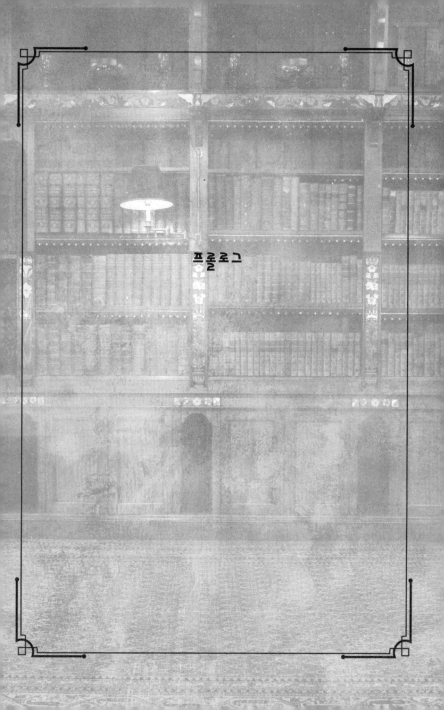

뷔페 연회장에서 돌잔치가 한창이었다.

떡, 과일들이 산더미처럼 쌓여 있는 '돌 상' 앞에서 자그마한 아이가 방긋방긋 웃었다.

박은영이 우민을 사랑스러운 눈길로 바라보았다.

"우리 우민이 뭘 집으려나."

"아빠 닮았으면 당연히 이거지."

굵은 턱 선을 자랑하는 선한 인상의 이철기가 만 원권 지폐를 집어 들었다.

찌릿.

옆에 앉아 있던 박은영의 눈에서 광선이 쏘아졌다.

이철기가 이마에서 굵은 땀방울을 흘리며 어색하게 웃었다.

"하… 하하. 우리 아들이라면 다, 당연히 페, 펜이지."

박은영이 우민을 보며 말했다.

"옳지, 옳지 잘한다!"

엄마의 마음을 알기라도 한다는 듯이 우민의 손이 천천히 펜으로 향했다.

덥썩.

결국 우민이 펜을 집어 들었다.

"잘했다, 잘했어. 우리 아들 판, 검사 되겠어."

"우민아, 씩씩하게 잘 자라야 한다."

박은영도 마음에 드는지 한층 사랑스러운 눈빛으로 아이를 끌어안았다.

응?

아이가 잡고 있던 펜에 모두의 시선이 쏠려 있던 그때, 이철기의 눈이 화등잔만 하게 커졌다.

"꺄앙. 꺄아."

우민이 다른 손을 뻗어 앞에 놓여 있던 만 원짜리 지폐를 집어 들었다.

초록색 배춧잎 한 장을 들고 맑게 웃어 보이는 우민를 향해 이철기가 호쾌하게 웃어 보였다.

"우하하하, 역시 내 아들이야! 내 아들!"

박은영도 어쩔 수 없다는 듯 '픽' 실소를 흘렸다. 그러고는 타협점을 찾았다는 듯 나지막이 속삭였다.

"그래, 우리 아들 공부 잘해서 부자 되자~"

우민이 펜과 지폐를 집어 들자 사회자가 마이크를 잡았다.

―이것으로 돌잡이를 마치겠습니다.

'돌잡이'가 끝났다는 사회자의 말에 연회장에 모인 사람들이 다시 수저를 움직였다.

연회장 문이 벌컥 열리며 검은색 정장을 입은 일련의 사람들이 난입했다. 가장 앞에 서 있던 험악한 인상의 남자가 이철기를 손가락으로 가리키며 소리쳤다.

"내 돈 떼먹고 밥이 넘어가냐? 저 새끼 잡아!"

순식간에 이철기는 양팔을 구속당해 옴짝달싹하지 못했다. 옆에 있던 박은영도 아연실색하여 우민을 꼭 껴안을 뿐 아무런 행동을 하지 못했다.

"최, 최 사장님, 그런 게 아니라고 몇 번을 말씀드렸잖습니까. 돌잔치, 오늘 돌잔치만 끝나고 바로 찾아가겠습니다."

"돈도 없는 새끼가 돌잔치는 무슨. 끌고 가!"

아무리 반항해도 힘으로는 당해낼 수 없는지 이철기가 가족들을 향해 소리쳤다.

"거, 걱정하지 마, 여보. 잘될 거야. 먼저 집에 가 있어. 곧 갈 테니까."

모두 이우민의 돌잔치 때 벌어진 일이었다.

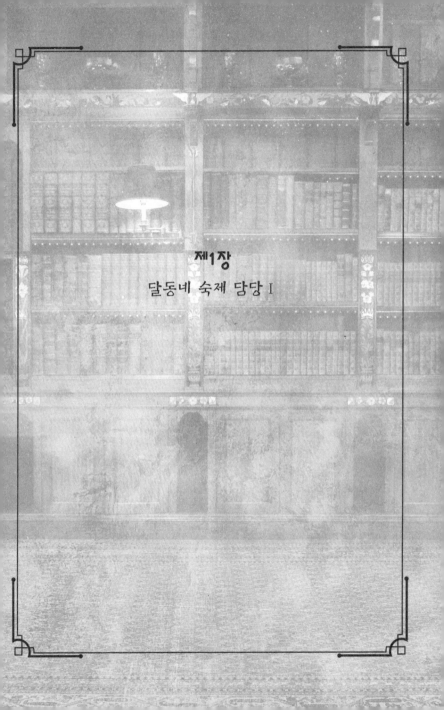

제1장

달동네 숙제 담당 I

부자는 망해도 3년 간다고 했던가?

헛소리.

채 1년도 되지 않아 집에는 차압 딱지가 붙었고, 우민의 가족은 서울 외곽으로, 더 외곽으로 쫓겨났다.

사업의 부도로 순식간에 모든 것을 잃은 이철기는 어떻게든 재기를 해보겠다며 대리 운전을 시작했지만… 그에게 돌아온 건 교통사고.

남은 건 박은영이 보고 있는 한 장의 가족사진밖에 없었다.

"여보, 오늘이 우리 우민이 초등학교 입학하는 날이야. 벌써 시간이 이렇게 됐어. 하늘나라에서 잘 보고 있지?"

주름이 가득한 손이 낡아빠진 나무 액자를 쓸어내렸다. 액자는 비록 낡았지만 평소 얼마나 깨끗이 닦았는지 먼지 한 톨 보이지 않았다.

우민이 옛 추억에 잠겨 있는 엄마를 불렀다.

"엄마, 늦었어. 이제 가야 돼."

"그래. 가자, 우민아. 그런데 오늘 정말 엄마랑 같이 안 갈 거야?"

"내가 앤가. 나도 벌써 8살이야. 옛날 같았으면 농사 도울 나이에 입학식은 무슨."

박은영이 그런 우민을 안쓰럽다는 듯 바라보았다.

"우민아."

"응?"

"엄마한테는 육십 넘어 환갑이라도 애다. 알았지?"

"에휴, 알았어. 알았으니까. 오늘도 힘내서! 몸 건강히! 아자 아자 화이팅!"

겨우 8살의 아이가 자신을 위로해 주겠다고 작은 손을 쥐며 외치는 소리에 박은영은 처연하게 웃었다.

"그래, 파이팅이다."

박은영이 바삐 신발을 신고 반지하 월세방을 나섰다.

　　　　　*　　　　　*　　　　　*

얼굴에 1/3은 차지하고 있는 것 같은 큰 눈.

체리보다 붉은 입술.

오뚝하게 솟은 코.

티끌 한 점 보이지 않는 피부.

우민은 지나가던 사람들이 한 번씩은 꼭 뒤돌아보게 만들 만큼의 준수한 외모를 자랑했다.

거기에 초등학교 일 학년치고는 꽤나 큰 키인 140㎝를 자랑하는 신체까지.

외모로만 보아서는 이런 달동네와 전혀 어울리지 않았다.

그런 우민의 주변을 몇몇 중학생들이 둘러싸고 있었다.

"야, 진짜 쩔더라. 네가 준 대로 내니까. 이번 독후감 수행평가 만점 나왔어."

"형, 제가 뭐라고 했어요. 박미영 선생님은 전체적인 줄거리를 잘 요약하는 게 중요하다고 했잖아요."

"여기 천 원."

중학생 아이가 주머니에서 천 원짜리 한 장을 꺼내 들었다.

"감사합니다. 언제든 불러만 주세요."

그러고는 받아 든 돈을 노란색 병아리가 그려져 있는 가방

속에 고이 접어 넣었다.

그 모습을 얼떨떨하게 지켜보던 옆에 있던 다른 중학생이 물었다.

"나도 이거 써서 내야 되는데."

함께 내민 공책에는 중학생 필독 도서 중 하나인 '갈매기의 꿈'을 읽고 독후감을 써오라는 내용이 적혀 있었다.

"몇 장인데요?"

"두 장."

"선불로 하면 오백 원 깎아드리는데. 어떻게 하실래요?"

"선불?"

우민이 답답하다는 듯 고사리 같은 손으로 머리를 긁적였다.

"형, 선불 몰라요? 돈 먼저 주는 거요. 먼저 주면 천오백 원에 해드린다고요."

이미 수행평가에서 만점을 받은 친구가 옆에 있어서일까. 우민의 주변을 둘러싸고 있던 중학생들이 너도나도 돈을 내밀었다.

등굣길.

가뿐히 거래를 마치고, 한껏 밝은 표정의 우민이 교문을 들어섰다.

"미래초등학교. 바로 옆에 글꽃중, 고등학교가 있다는 게 참 마음에 든단 말이야."

입학식 때문인지 수많은 아이들이 삼삼오오 부모님의 손을 잡고서 초등학교 정문을 들어서고 있었다.

그 가운데서 우민은 등교하고 있는 중, 고등학교 학생들을 살피고 있었다.

"음, 좋아. 아주 좋아. 미래의 고객분들이 꽤 많이 보이네."

—입학식에 참석하시는 부모님 및 학생 여러분은 강당으로 모여주십시오.

—다시 한번 안내 말씀드립니다. 입학식에 참석하시는 부모님 및 학생 여러분은 강당으로 모여주십시오.

안내 방송 소리를 들은 우민이 강당 쪽으로 발걸음을 움직였다.

주변을 둘러보니 하나같이 엄마나 아빠의 손을 붙잡고 있는 모습에 괜스레 심통이 났다.

'쳇, 괜히 혼자 온다 그랬나. 엄마도 진짜 일하러 가버리고. 나도 흥이야!'

의자에 앉아 괜히 바닥을 툭툭 쳐보았다. 그래도 엄마에 대한 섭섭함이 사그라지지 않았다.

"우리 딸. 입학식 끝나고 맛있는 거 먹으러 가자."

"아들! 이제 초등학생이니까. 더 열심히 공부해야 돼."

주변에서 들리는 말들 때문인지 섭섭한 마음이 오히려 더 커지기만 했다.

우민은 더 이상 안 되겠다 싶어 병아리가 그려져 있는 노란 가방 속에서 파란색 공책과 펜을 꺼내 들었다.

토해내고, 게워내도. 계속 채워진다.

한 문장을 적고는 우민이 잠시 눈을 감았다. 초등학생이 적었다고 생각하기 힘든 문장.

하지만 우민은 아무렇지 않게 다음 문장을 이어나갔다.

감정의 찌꺼기를 배설하기 위한 도구조차 없었다면 내 삶의 안위로움이 지켜질 수 있었을까.

'감정', '찌꺼기', '배설', '삶', '안위'. 초등학교 일 학년이 썼다고 믿기에는 힘든 단어들이 수두룩했다.

나는 오늘 엄마랑 밥을 먹었다. 참 맛있었다.

이 정도의 문장도 쓰기 버거워하는 게 일 학년이다.

나눈 아늘 어마라 바 머겄다.

아예 맞춤법조차 제대로 지키지 못하는 아이들이 대다수였다.

우민은 거침없이 기적을 써나갔다. 집중력 또한 또래 아이들과는 비교를 달리하는지 근 20여 분을 꼼짝하지 않고 제자리에 앉아 글만 적어나갔다.

"흐음……."

기침 소리를 몇 번 낸 우민이 고개를 들며 기지개를 켰다. 글을 다 썼다는 신호였다.

그제야 앞에 와 있던 박은영이 우민의 볼을 꼬집으며 말했다.

"우리 아들, 이제 다 썼어?"

"어, 엄마!"

그렇지 않아도 큰 눈이 한층 동그랗게 변하며 눈물이 살짝 차올랐다.

아직 엄마의 품이 그리운 초등학생 일 학년이다.

"서프라이즈! 설마 엄마가 정말 일 간 줄 알았어?"

박은영의 한 손에는 '아이언맨'이 그려진 파란색 가방이 들려 있었다.

가방을 본 우민이 침을 꿀꺽 삼켰다.

자꾸만 눈에서 뭐가 나올 것 같아 다시 한번 침을 삼켰다.

"우민아, 유치원 때 쓰던 가방은 이제 그만 벗자."

"이, 이런 거 안 사도 된다니까."

"요 애늙은이야! 이럴 땐 그냥 엄마 고마워요, 하면서 볼에 뽀뽀해 주는 거야."

"흥! 내가 무슨 앤가."

"에구, 엄마가 졌다, 졌어. 그러니까 어서 가방 벗고 이거 메어봐."

우민이 지금까지 메고 있던 노란색 가방의 한가운데에는 '한마음 유치원'이라는 이름이 적혀 있었다.

유치원 가방을 받아 든 박은영의 시선은 우민의 무릎 위에 올려져 있는 공책에서 떠날 줄을 몰랐다.

*   *   *

어린아이들 속에서 우민의 외모는 독보적이었다.

입학식이 진행되는 동안 다른 부모님들도 힐끔거리며 우민을 쳐다보았다.

우민은 그런 시선이 익숙한지 전혀 신경 쓰는 눈치가 아니었다.

오로지 뒤에서 자신을 보고 있는 박은영에게만 신경이 쏠려 있었다.

'이런 거 안 사도 된다니까. 괜히 사 와서는……'

우민이 고사리 같은 손으로 발끝에 놓여 있는 가방을 쓰다듬었다. 그냥 유치원 때 쓰던 가방을 사용하겠다고 몇 번을 말했다.

그게 어머니의 고단함을 보는 것보다 백 배는 마음이 편했다.

'몇만 원은 할 텐데… 이걸 어떻게 메우지……'

일순 우민의 시선이 먹잇감을 바라보는 맹수처럼 변했다.

'이제 초등학교까지 입학했으니 고등학생 형들 숙제까지 확대해 봐야겠어.'

유치원 때부터 도서관을 제집처럼 드나들었다. 그곳에서 우연히 만난 중학생 형의 숙제를 도와주고 과자를 얻어먹었다.

그래, 이거다.

우민은 본능적으로 돈이 된다는 걸 깨닫고 형들의 글쓰기 과제들을 도와주었다.

그렇게 이어온 인연이 벌써 2년이 넘었다.

'고등학생 형들이 돈도 더 많을 테니까.'

입학식을 하는 내내 우민의 머리를 사로잡고 있는 생각이었다.

―이것으로 입학식을 모두 마치겠습니다. 각 담임 선생님들은 아이들을 인솔해서 교실로 이동해 주시기 바랍니다.

안내 방송에 우민이 상념에서 깨어났다. 우민의 담임은 얼굴에 핏기가 없어 약간 병약해 보이기까지 하는 남자 선생님.

이름이…….

"앞으로 함께할 남일원 선생님이에요. 일 학년 삼 반! 어린이들은 잠시 앉아 있어요. 선생님이랑 같이 이동할 거니까."

우민이 재빨리 뒤돌아 입을 뻥긋거렸다.

'끝났으니까. 어서 일하러 가요.'

우민의 신호를 알아들었는지 박은영이 검지와 엄지를 오므렸다.

우민이 담임 선생님을 따라 교실로 올라갈 때까지 박은영은 자리를 떠나지 않고 지켜봐 주었다.

*   *   *

꺄아아아.

아아아앙.

으아아앙.

잠시 쉬는 시간. 초등학교 일 학년 교실은 한마디로 정의할 수 있었다.

혼돈.

참을 수 없는 소음에 우민은 머리가 지끈거렸다. 이럴 때는 뭔가 집중할 수 있는 게 필요하다. 우민은 가방에서 도서관에서 빌려온 책을 꺼내 들었다.

어니스트 헤밍웨이의 명작 노인과 바다.

그것도 초등학생용 요약본이 아닌, 국내 최대 출판사 중 한 곳인 믿음 출판사에서 나온 완역본이었다.

또다시 특유의 집중력으로 한창 독서에 매진하고 있을 때, 우민에게 여자아이가 다가왔다.

"이름이 모야?"

우민은 들리지 않는지 여전히 책에서 시선을 떼지 않았다.

"나랑 말하기 시러? 소미 유유야."

여자아이는 인터넷 용어인 'ㅠㅠ'를 말 그대로 표현했다. 하지만 우민은 일체 반응하지 않았다.

"으아아아아앙!"

자기 마음대로 되지 않는 것에 화가 났는지 여자아이는 바로 울음을 터뜨렸다. 그럼에도 우민은 꼼짝도 하지 않고 책에 집중했다.

우민이 반응이 없자 아이의 울음소리가 한층 커졌다.

"으아아아아아아아앙!"

그제야 담임인 남일원 선생이 우민에게 다가왔다.

"소미야, 뚝. 그리고 우민아, 친구가 말을 걸면 대답을 해줘야지."

우민이 조용히 보고 있던 책을 한 장 넘겼다. 남일원의 목소리가 한층 더 커졌다.

"우민아, 선생님이 말하면 들어야지."

우민은 한 점의 미동도 하지 않았다. 두 눈은 책에 고정되어 움직일 줄을 몰랐다.

남일원이 할 수 없다는 듯 보고 있던 우민의 책을 집어 들었다.

우민이 고개를 들었다.

헉.

남일원이 일순 멈칫했다. 옆에서 울고 있던 여자아이도 울음을 그치고 우민을 바라보았다.

외모에서 마치 빛이 나는 것 같았다.

"죄송합니다, 선생님. 제가 한번 책을 보기 시작하면 주변 소리가 잘 안 들려서요."

빠르게 정신을 차린 남일원이 짐짓 엄한 표정을 지어 보였다.

"우민아, 선생님한테 거짓말하면 못 써요."

꺄아아앙.

여기저기서 들리는 아이들의 소란에 교실이 난장판이다. 조용히 자리에 앉아 있는 아이들도 이리저리 고개를 돌리며 심심해하고 있다.

그런데 바로 앞에서 불러도 못 들을 정도의 집중력?

39살.

10년 정도 경력을 지닌 남일원에게는 믿을 수 없는 말이었다.

"거짓말이 아닙니다. 책을 볼 때나 글을 쓸 때면 종종 아무 소리가 들리지 않습니다."

한 점의 거짓도 보이지 않는 순수한 얼굴이었다.

휴우.

우민을 보고 있던 남일원이 작게 한숨을 내쉬었다. 이런 아이들을 많이 봐왔다. 보통을 넘어서는 영특, 아니, 영악함을 가진 아이들이 있었다. 이런 아이들을 초반에 잡아놓지 않으면 일 년 내내 힘들어진다는 사실도 알고 있다.

딩동댕동.

쉬는 시간도 끝났다. 여기서 더 이상 말싸움을 할 수는 없었다.

"알았다. 그럼 우민이는 끝나고 잠시 남거라. 선생님이랑 할 이야기가 있으니 말이다."

남일원이 뒤돌아 자리로 돌아갔다. 우민은 다시 고개를 숙여 책에 집중했다.

울고 있던 여자아이는 여전히 우민에게서 눈을 떼지 못했다.

*　　　*　　　*

입학식이라 점심시간이 끝난 후 아이들은 모두 하교했다. 오로지 한 아이.

이우민.

생활 기록부를 확인해 보니 편모 가정이었다. 더구나 적혀 있는 주소지의 마지막에 적혀 있는 단어, 지하 1층.

대충 집안 환경이 짐작되었다.

우민에게 다가간 남일원이 타이르듯이 말했다.

"우민아, 지금이라도 잘못했다고 정직하게 말하면 집으로 가도 좋다."

도대체 몇 번을 물어보는 건가.

수차례의 질문에 우민은 살짝 짜증이 솟아올랐다.

"선생님, 잘못한 게 없어도 잘못했다고 말해야 하나요?"

반발하는 기색을 읽은 남일원이 할 수 없다는 듯 A4 종이한 장과 펜을 내밀었다.

"그럼 아까 읽었던 책에 대한 독후감을 한번 써볼까?"

남일원이 회심의 미소를 지었다. 아마 펜을 잡고 채 10분도 지나지 않아 잘못했다며 집에 가겠다고 '떼'를 쓸 것이다.

그게 어린이고, 초등학생 일 학년이다.

지금까지 남일원이 경험한 바에 의하면 그랬다.

"네. 선생님."

우민은 아무렇지 않게 펜과 종이를 받아 들었다. 우민이 약간은 포동포동해 보이는 손으로 펜을 꽉 쥐었다.

제일 먼저 제목과 저자를 적었다.

제목: 노인과 바다.

저자: 어니스트 헤밍웨이.

남일원이 고개를 갸웃거렸다.

저자?

초등학교 일 학년이 쓰는 단어가 아니었다. 그저 책의 제목이라도 맞춤법에 틀리지 않고 쓰면 다행이다.

우민이 쓰고 있는 독후감에는 많이 써본 것 같은 '경험'이 묻어나 있었다.

저자까지 적은 우민이 잠시 펜을 멈추었다.

'이거 지난번 중학생 형들 숙제 대신 해줄 때 썼던 대로 해

야 하나… 아니면 정말 내가 느낀 대로 해야 하나.'

우민이 저자까지 쓰고 나서 손을 움직이지 않자, 이제 포기했다고 생각한 남일원이 조심스럽게 입을 열었다.

"우민아, 고집 부리는 건 아주 나쁜 버릇이에요. 우민이가 이렇게 계속 억지를 부리면 선생님도 그에 합당한 '벌'을 줄 거야."

그 순간에도 우민은 다른 생각을 하고 있었다.

'어차피 과제도 아닌데, 내가 느낀 대로 쓰자.'

결심을 마친 우민이 펜을 움직였다.

첫 문장을 쓰는 순간 남일원이 헛웃음을 터뜨렸다.

열심히 하는 건 중요하지 않다.

잘하는 게 중요하다.

그 뒤에 쓰인 글에 남일원의 얼굴은 그대로 굳어버렸다.

그것보다 중요한 건 잘 태어나는 것이다. 노인이 멕시코가 아닌 미국 월스트리트 자본가의 아들로 태어났다면 이렇게까지 고생했을까?

고통이 반복되는 삶이 진리라면 왜 TV에 나온 강남의 건물주들은 고통이 아닌 만족의 삶을 매일 반복하고 있는 것일까.

그렇다면 둘 중 하나는 거짓말을 했다.

거기까지 쓴 글을 보는 순간, 남일원은 알 수 있었다.
이 아이, 뭔가 특별하다.

제2장
달동네 숙제 담당 II

집으로 돌아가는 길.

우민이 쓴 글을 꼼꼼히 읽어본 남일원 선생은 굳은 표정으로 한마디 남겼다.

"내일 꼭 학교로 어머님 모시고 오너라."

그 말 한마디로 집으로 돌아가는 내내 머릿속이 복잡했다.

"휴우, 이걸 어쩐다."

우민은 혹시나 자신이 '뭘 잘못했나' 곰곰이 생각해 보았다.

아무리 생각해 봐도 마땅히 떠오르는 일이 없었다.

"에잇, 모르겠다."

고민한다고 해서 답이 나올 일이 아니다. 우민은 고민을 멈추고 발걸음을 빨리했다.

그렇게 한달음에 달려간 곳은 도서관이었다.

어머니가 식당에서 퇴근하는 저녁 시간까지 어차피 집에 가봐야 할 일이 없었다.

우민은 저녁까지 시간 가는 줄 모르고 책을 읽다가 자리에서 일어났다.

"형들 숙제 해줄 것만 빌려 가면 되겠다."

보고 있던 책을 덮고 일어난 우민은 제 키에 두세 배는 넘어갈 듯한 책장 사이를 오가며 세 권의 책을 뽑아 들었다.

갈매기의 꿈.

로빈슨 크루소.

젊은 베르테르의 슬픔.

아침에 만났던 중학생들에게 받은 숙제들이었다.

두 장씩 써주기로 하고 선불로 받아 총 4,500원을 벌었다. 거기에 후불로 계산받은 것까지 합치면 오천 원이 넘어간다.

엄마한테 받는 하루 용돈이 500원이니 10일치 용돈은 번 셈. 우민은 즐거운 마음으로 책을 들고 대출 담당자 앞으로 다가갔다.

우민을 본 대출 담당자가 대뜸 손가락으로 문 바깥쪽을 가리켰다.

"꼬마야, 여기는 어른들 오는 데란다. 저쪽 어린이 자료실 보이지? 책 놔두고 저쪽으로 가야 해."

"저, 여기 와도 된다고 했어요."

"부모님이 잘못 알려주셨나 보구나. 어린이는 저쪽으로 가야 해요. 알았지?"

우민이 난감해하며 고개를 두리번거렸다.

"누나!"

그리고는 한쪽에 앉아 있는 여자 직원을 불렀다. 한창 일을 하던 직원이 그제야 우민이 있는 쪽을 바라보았다.

눈이 마주친 직원이 활짝 웃으며 말했다.

"우민이 왔구나. 우와, 우민이 오늘도 이렇게 책 많이 빌렸어?"

"네. 그런데 여기 형이 책 못 빌려 간다고 해서요."

여직원이 대출 담당자를 웃으며 쳐다보았다.

"제가 미처 말씀을 못 드렸네요. 여기는 우민이라는 친군데, 몇 년 전부터 성인 자료실도 출입할 수 있게 도서관장님이 특별히 허락하셨어요."

"아……."

"어린 친구가 보통 독서광이 아니에요. 나는 어렸을 때 뭐 했나 반성하게 된다니까요."

지켜보고 있던 우민이 빠르게 한마디 끼어들었다.

"대신 누나는 예쁘잖아요."

"뭐? 요 녀석이!"

여직원이 싫지 않은 듯 웃으며 우민의 머리를 쓰다듬었다. 그러고는 재빨리 책상 위에 놓여 있던 사탕 하나를 건네주었다.

"자, 집에 가서 책 보면서 먹어요. 먹고 꼭 이 닦고."

"네. 알았어요, 누나."

대출 담당자가 어색하게 웃으며 우민을 바라보았다.

"하하, 자. 여기 책 대출 처리됐다."

우민이 직각으로 고개를 숙이며 말했다.

"감사합니다."

영락없는 어린아이의 모습이었다.

"아이구, 귀여워. 나중에 나도 우민이 같은 아들 생겼으면 좋겠네."

연신 귀엽다는 감탄사를 남발하는 여직원을 보며 대출 담당자는 왜인지 모르게 소악마를 보는 것 같다는 느낌을 지울 수가 없었다.

*   *   *

집에 도착하니 저녁 7시가 조금 넘은 시간.

식당에서 일하시는 어머니는 10시가 넘어야 집으로 오신다. 우민은 익숙하게 밥을 차려 먹고, 설거지까지 마쳤다.

두 손을 걷어붙이고 한바탕 청소까지 하고 나서야 자리에 앉았다.

"이제 형들 숙제를 해볼까."

도서관에서 빌려온 책들을 조그만 탁자 위에 올려놓고는 읽어나갔다.

아무도 없는 집 안에서 우민이 종이 넘기는 소리만이 조용히 들려왔다.

시끄러운 교실에서보다 집중이 더 잘되는지 책 한 권을 다볼 때까지 자리에서 일어나지 않았다.

그렇게 한 권의 책을 다 읽고 두 권째 책을 집어 들었을 때, 벌컥 문이 열렸다.

"엄마!"

우민이 재빨리 일어나 문으로 다가갔다. 박은영의 한 손에는 검은색 비닐봉지가 들려 있었다.

"짜잔, 입학 기념으로 엄마가 우민이 좋아하는 딸기 사왔지!"

"비쌀 텐데, 뭘 이런 걸 샀어."

박은영이 우민의 볼을 살짝 꼬집었다.

"아들은 그런 걱정 안 해도 돼요."

딸기를 받아 든 우민이 방 한구석에서 운동화 박스 하나를 꺼내왔다.

"이건 내가 엄마한테 주는 입학 기념 선물이야. 잘 키워주셔서 감사합니다."

우민은 운동화 박스를 내밀며 배꼽 인사를 했다. 박은영의 눈이 요동쳤다. 울컥거리는 마음이 떨리는 목소리에 고스란히 전달되고 있었다.

"이, 이걸 네가 어떻게 사."

"그냥 용돈 모으고 동네 형들 숙제해 주고 받은 돈으로 샀어. 엄마 신발 다 떨어졌잖아."

우민이 고사리 같은 손으로 박은영의 신발을 가리켰다. 검은 때가 꼬질꼬질 묻어 있었고, 앞부분은 해져 금방이라도 찢어질 것 같았다.

아들 앞에서 못난 꼴 보이기 싫었는지 박은영이 우민을 안았다.

"우민아……."

잠시 엄마의 품에서 온기를 느끼던 우민이 조심스럽게 입을 열었다.

"엄마, 그리고 나 할 말이 있는데… 선생님이 내일 엄마 모시고 오래……."

"뭐? 왜 무슨 일인데! 싸웠어?"

걱정이 가득했다. 우민은 별일 아니라는 듯 대수롭지 않게 말했다.

"그게……."

우민의 설명을 해나갈수록 화등잔만 하게 커졌던 박은영의 눈이 점차 안정을 찾아갔다.

이야기가 끝날 즈음에는 마치 올 게 왔다는 표정이었다.

"그랬구나. 잘했다. 우리 아들, 항상 그렇게 당당하게 행동해야 해. 알았지?"

"응!"

우민이 힘차게 고개를 끄덕였다. 박은영을 바라보는 우민의 눈빛이 초롱초롱 빛나고 있었다.

*　　　*　　　*

박은영은 검은색 숄더백에 주스 한 박스를 들고 교무실을 찾았다.

"저기, 남일원 선생님……."

입학식 때 봤던 기억을 더듬어 유난히 핏기가 없고, 마른 체형의 선생님을 찾아 두리번거렸다.

자리에 앉아 있던 남일원도 박은영을 발견하고는 일어났다.

"우민이 어머님 되세요?"

"네. 맞습니다, 선생님."

남일원이 옅은 미소를 지어 보였다.

"이제 보니 우민이가 어머니를 닮았군요."

오뚝한 콧날, 큰 눈을 빼다 박았다.

"그런가요. 어릴 때는 아빠를 닮았다는 소리를 많이 들었는
데……."

남일원은 생활기록부에 적혀 있던 편모 가정이란 사실을 떠
올렸다. 이내 어색하게 웃고는 의자가 있는 쪽으로 안내했다.

"하하, 일단 여기 앉으세요. 우민이 관련해서 드리고 싶은
말이 많습니다."

자리에 앉은 박은영이 메고 있던 가방에서 파일첩을 하나
꺼내 들었다.

"혹시 이것 때문인가요?"

건네받은 파일첩을 살피던 남일원의 목소리가 떨려왔다.

"어, 어머님도 아셨군요."

"우민이가 다른 아이들과 다르게 특별하다는 걸 말하는 거
라면, 네. 알고 있었습니다. 가장 많은 시간을 함께 보내고 있
으니까요."

"크, 크흠……."

남일원이 나지막이 침음성을 흘리며 파일첩을 마저 살펴보

왔다. 그 안에는 우민이 어린 시절부터 끄적여 온 글들이 차곡차곡 모여 있었다.

박은영은 차분히 옛이야기를 시작했다.

이야기의 첫마디부터가 남일원에게는 충격적이었다.

"처음에는 귀머거리인 줄 알았습니다."

손에 펜을 쥐고 있을 때면 아무리 불러도 대답하지 않았다.

몸을 흔들거나, 펜에서 손을 떼고 나서야 자신을 보며 방긋 웃었다.

"엄마!"

그럴 때마다 수없이 가슴을 쓸어내렸다. 가슴 졸이는 시간들을 지나 박은영도 이제는 알고 있었다.

우민의 집중력은 타의 추종을 불허한다.

"그것만이 아니었습니다. 파일첩 세 번째 장을 보면 나무라는 글이 있을 겁니다."

남일원이 황급히 파일첩을 펼쳤다.

"그걸 5살 때 썼다면… 선생님은 믿으시겠습니까?"

제목: 나무.

남일원이 천천히 수필을 읽어 내려갔다. 마약이라도 한 것처럼 글에서 눈을 뗄 수가 없었다. 글에 중독되어 정신없이 읽어나가다 마지막 마침표를 눈에 담았을 때, 투명한 물방울이 파일첩 비닐 위로 떨어져 내렸다.

'설마, 나도 모르게 운 건가……'

당황스러움에 서둘러 눈을 훔치려 하자 휴지 한 장이 훅 들어왔다.

"감수성이 조금이라도 있는 사람이라면 다들 비슷한 반응이었습니다. 저 역시 마찬가지였고요."

"아……."

"언어를 다루는 데 천부적인 재능이 있다고 하더군요."

"그랬군요……."

남일원은 천천히 '나무'라는 글을 다시 한번 음미해 보았다. 처음처럼 눈물을 흘리지는 않아도 여전히 가슴에 파문이 일었다.

은유법, 직유법, 대유법 등의 수사법 사용을 본능적으로 능숙하게 사용한다는 건 차치하고, 자꾸만 자신의 심장을 건드렸다.

39살.

수많은 아이들을 가르쳐 오며 이제는 제법 초등 교육에 자신이 있었지만 이 아이를 앞으로 어떻게 가르쳐야 할지 감이 오질 않았다.

아이들을 바른길로 인도해야 할 자신이 우민의 글을 보며 삶의 방향성을 고민했다.

어제부터 어렴풋이 느끼고 있지만 답은 하나다.

"영재가 확실하네요."

이제는 우민이를 어떻게 가르쳐야 할지가 걱정이었다.

*　　　　　*　　　　　*

박은영이 돌아가고, 선생님들도 하나둘씩 퇴근했다. 저녁 7시가 넘어가자 슬슬 해가 지며 밤이 찾아왔다.

남일원은 자리를 떠나지 못한 채, 쉴 새 없이 마우스를 움직였다.

교사 관련 카페들에서 정보를 뒤지고, 영재 관련 교육을 진행할 수 있는 곳들을 찾아보았다.

서울에서 문예 창작 관련 영재 교육원은 딱 두 군데밖에 없었다.

그나마 초등학교 일 학년은 아직 받아주지 않았다.

영락없이 일 년 동안은 자신이 맡아서 가르치는 수밖에 없다.

"차라리 몰랐으면 그냥 넘어갔을 텐데 아무리 어머님이 괜찮다고, 그저 보통 아이들처럼 대해 달라고 했어도……."

교사로서의 사명감이 용납하질 않았다. 어쩌면 미래에 '노벨 문학상'을 받을 수도 있는 아이다.

그런 아이를 어찌 그냥 방치한단 말인가.

가르치려면 뭐라도 알아야 한다는 생각에 남일원은 일단 학교에 있는 글쓰기 관련 책을 집어 들었다.

다음 날.

밤새 고민을 거듭했는지 남일원의 눈 밑에 깊은 다크 서클이 생겨나 있었다.

"남 선생님, 오늘 괜찮아요? 안색이 너무 안 좋아 보이네."

"하하, 괜찮습니다. 어제 오랜만에 책을 보다 늦게 자서요."

교무회의를 위해 앉아 있던 교감 선생님이 남일원을 바라보았다.

"역시 우리 남 선생이 항상 열심히 하다니까."

남일원이 부끄럽다는 듯 작게 손사래를 쳤다.

"하하, 아닙니다."

교장 선생님까지 오고 나서야 본격적으로 회의가 시작되었다. 봄철 황사 주의 사항에서부터 이번에 새롭게 입학한 초등학생들에 대한 이야기까지 다양한 내용이 회의 안건으로 다

뤄졌다.

밤샘 고심의 여파 때문인지 남일원은 자꾸만 아래로 떨어지려는 눈꺼풀을 겨우 붙잡고 있었다.

어서 회의가 끝나고 교실로 올라가 잠깐이라도 눈을 붙이고 싶은 생각만이 가득했다.

"자, 마지막 안건입니다. 어제 서울시 교육청에서 공문이 도착했어요. 서울시 교육청배 봄맞이 창작 대회를 개최하겠다고 합니다."

이제 막 단잠에 빠져 고개가 밑으로 떨어지려고 하던 남일원이 갑자기 자리에서 벌떡 일어났다.

"그래! 이거야!"

"나, 남 선생, 지금 뭐 하는 건가."

"아… 죄, 죄송합니다, 교장 선생님. 제가 평소 생각하고 있던 기획안과 너무 똑같은 내용이라 놀라서 그만."

"알았으니까. 그만 자리에 앉게."

남일원이 민망함에 빠르게 자리에 앉았다. 표정에는 흥분이 여실히 드러나 있었다.

'공모전. 내가 왜 이 생각을 못 했을까.'

지금 글쓰기를 공부해서 가르친다고 해서 우민이에게 얼마나 도움이 될까?

차라리 교육청이나 여러 기관에서 주최하는 공모전에 작품을 출품하도록 도와줌으로써 커리어를 쌓고, 유명 작가들의 심사평을 들어보는 것이 훨씬 큰 도움이 될 것이다.

'빨리 가서 이 사실을 말해줘야 되는데……'

이미 잠은 달아났다. 어서 빨리 교실로 올라가 우민이에게 알려주고 싶은 마음이 굴뚝같았다.

아마 작품을 출품하는 족족 금상이나 대상, 최소한 장려상은 탈 것이다.

어쩌면… 세상을 발칵 뒤집어놓을지도 모른다.

'기다려라, 우민아! 선생님이 간다!'

교무회의가 끝나자마자 남일원은 빛보다 빠르게 교실로 올라갔다.

＊　　　　＊　　　　＊

와자지껄.

소란스러운 상황에서도 우민은 일말의 흐트러짐도 없이 펜을 잡고 있었다.

'역시.'

남일원은 교탁으로 걸어가 날뛰는 아이들을 진정시켰다.

"자, 이제 그만 모두 자리에 앉자."

그러면서도 시선은 여전히 우민에게 고정되어 있었다.

"오늘 첫 시간은 바른생활 시간이니까 모두들 교과서를 책상 위에 꺼내놓도록 하자. 선생님이 먼저 교과서를 잘 가져왔는지 검사부터 할 거야."

남일원은 수업을 진행하면서 곁눈질로 우민의 일거수일투족을 살폈다.

수업은 잘 듣고 있는지, 다른 친구들과는 보통 아이들처럼 어울리는지를 중점적으로 보았다.

우민의 어머니 박은영이 특별히 부탁까지 하고 갔다.

"다른 친구들과 잘 어울리는지 선생님이 잘 지켜봐 주세요."

우민이 가진 재능이 다른 친구들과의 사이를 가로막는 벽이 되는 건 아닌지 노심초사했다.

아직 입학하고 하루가 지났을 뿐이지만 걱정이 현실화될 조짐이 보였다.

다른 아이들이 서로에게 관심을 보이며 가까워지고 있을 때 우민이 앉아 있는 곳은 마치 외딴섬처럼 보였다.

'이거 걱정거리가 하나 더 늘었어.'

똑똑하고 싸가지 없게 클 것인가.

똑똑하고 친절하게 클 것인가.

어떻게 크던 자신의 책임이다. 교사로서 이 정도의 책임감도 없다면 교대에 진학하지도 않았다.

수업을 하는 내내 남일원의 고민도 깊어갔다.

*　　　*　　　*

종례 시간.

남일원이 아이들을 따뜻한 눈길로 바라보았다.

"평소 글쓰기나, 그림 그리는 것에 흥미가 있는 친구는 손 들어보세요."

"저요!"

"저도요, 선생님!"

한 아이가 손을 들자 너도나도 따라 손을 들었다. 우민은 그저 조용히 생각에 잠겨 있었다.

'공모전이라… 그림은 못 그리니 글쓰기로 한번 나가볼까. 그런데 초등학생 공모전은 상금이 적을 것 같은데… 1등 해도 문상 10장 이렇게 주는 거 아냐.'

문상. 즉 문화상품권 한 장에 오천 원이니, 10장이면 오만 원이다. 1등을 한다는 보장도 없는 마당에 이리저리 불려 다니며 시간을 빼앗길 바에, 중학생 형들 과제 하나 더 해주는 게 나을지 모른다.

아이들을 살피던 남일원이 임시 반장을 불렀다.

"참가하고 싶은 친구들은 반장에게 말하고, 반장은 명단 적어서 선생님한테 가져와요. 그리고 우민이는 잠깐 선생님 따라서 교무실로 와. 반장 인사."

"차렷, 경례. 선생님, 사랑합니다."

사랑합니다.

남일원이 담임이 되면서 가장 먼저 정한 인사말이었다.

*   *   *

남일원은 자신이 잘못 들었다고 생각했다.

"으, 응?"

"상. 금. 이 어떻게 되는지 궁금합니다."

우민은 상금이라는 단어를 강조하며 다시 물었다.

"아, 사, 상금. 그렇지, 상금도 중요하지. 어디 보자……."

남일원이 마우스를 움직여 서울시 교육청에서 내려온 공문을 다시 살폈다.

눈은 모니터를 향해 있었지만 정신은 다른 곳에 가 있었다.

'방금 상금이 얼마냐고 물어본 게 맞지?'

우민의 진지한 표정으로 자리에 앉아 있었다. 공문을 확인한 남일원이 말했다.

"1등을 하면 오십만 원이구나."

헉.

이번에는 우민의 눈동자가 커졌다. 자신이 생각했던 금액의 10배다.

'오십만 원이면 내 천 일치 용돈이잖아.'

욕심이 불끈 솟아올랐다. 숙제를 대신 해주는 것에 거의 100배가 넘는 금액이다.

우민이 고사리 같은 손을 말아 쥐었다. 이 정도 금액이면 엄마한테도 큰 도움이 되리라.

"선생님, 꼭 하고 싶습니다. 그리고 말인데… 혹시 제가 나갈 수 있는 다른 공모전도 있을까요? 단, 상금 10만 원 이상짜리로 부탁드립니다."

정중한 부탁에 남일원이 일순 멍해졌다. 저 조건은 또 뭐란 말인가.

상금 10만 원 이상이라니…….

"그, 그렇지 않아도 다른 공모전도 나가보는 게 어떨지 말하려고 했는데 잘됐구나."

남일원은 어안이 벙벙했다. 이건 무슨 어린아이가 아니라 성인과 이야기를 하고 있는 듯한 기분마저 들었다.

"그리고 한 가지 더 드릴 말씀이 있는데 중복 참가도 될까요? 보니까. 운문, 생활문이 있는데 제가 두 가지 다 자신이 있어서요."

운문은 시 부문. 생활문은 경험을 드러내는 글이라면 어떤 종류든 상관이 없다.

"그, 그 부분도 선생님이 알아보고 알려주마."

우민은 자리에서 일어나 어머니가 알려주신 대로 가지런히 두 손을 배꼽에 모았다.

"선생님, 감사합니다."

겉모습만 보면 영락없는 어린아이였다. 하지만 오늘부터 남일원은 우민을 대하는 태도를 바꾸기로 했다.

'마냥 어리게 대했다가는 내가 큰코다치겠어.'

여러 면에서 남다른 친구였다. 약간 돈을 밝히는 것 같아 걱정이 되기는 했지만 글쓰기에 자신 있다고 말하는 모습이 어린아이의 치기로만 느껴지지 않았다.

*　　　　*　　　　*

태권도학과를 졸업해 딱히 특별한 기술도 없는 박은영이 일할 수 있는 곳은 한정되어 있었다.

더구나 제대로 된 일자리를 구할라 치면 어떻게 알았는지 사채업자들이 찾아와 행패를 부렸다.

이철기가 죽고, 법적인 채무 관계는 끝났으나 사채업자들은 막무가내였다.

처음에는 경찰을 부르고, 대들기도 해보았다.

하지만 경찰은 돌아가면 그만이었고, 사채업자들의 집요함은 박은영의 억척스러움을 넘어서는 것이었다.

도망치듯 이사를 다니는 것도 이제는 지겨웠다.

우민이도 초등학교에 입학했다.

박은영은 이곳에서 우민이가 초등학교를 졸업할 때까지만이라도 일할 수 있게 해달라고 빌고 또 빌었다.

"여기 순댓국 두 개요."

손님의 주문에 박은영이 재빨리 움직였다. 구슬땀을 흘리며 순댓국을 날랐다.

32살에 우민이를 낳았으니 이제 40살.

고된 노동과 세월의 풍파를 정면으로 맞아 많이 퇴색되긴 했지만 아직 소싯적의 청초한 미모가 살아 있었다.

"아무리 봐도 이런 데서 일할 분이 아니란 말이야. 아줌마, 내가 좋은 일자리 소개시켜 준다니까."

"아저씨나 좋은 일자리에서 돈 많이 버세요."

박은영이 대수롭지 않게 답했다. 타고난 미모 덕분인지 과부가 된 박은영에게 검은 유혹들이 손길을 뻗쳤다.

술 한 잔 따르고 입가에 웃음 한 번 머금으면 여기 순댓국집에서 한 달 일했을 때 월급이 손에 들어온다.

그때마다 이를 악물고 참아냈다.

하지만 이렇게 참기 힘든 순간들이 온다.

턱.

박은영이 자신의 엉덩이 쪽으로 다가오는 손을 빠르게 낚아채 반대 방향으로 꺾어버렸다.

"손 잘못 놀리시면 손모가지 날아가요."

여리여리하게 보여도 대학 때까지 태권도를 했던 박은영이다. 웬만한 성인 남자는 가볍게 제칠 수 있다.

"아하하하, 자, 장난이지. 장난. 이, 이러다가 부러지겠어."

박은영이 잡고 있던 남자의 손목을 놓았다.

딸랑.

문에 달린 방울이 울리자 박은영이 반사적으로 고개를 숙이며 인사했다.

"어서 오세요."

하지만 들어오는 손님은 없었다. 3월 초겨울의 찬바람이 가게 안을 휘저어 박은영은 저도 모르게 살짝 몸을 떨었다.

문을 열다 말고 도망치듯 순댓국 집을 빠져나온 우민은 도서관으로 발걸음을 옮겼다.

세상을 책으로 경험한 우민이도 방금 전 어떤 상황이 벌어진 건지 알 수 있었다.

한마디로 '욕' 나오는 상황이다.

"시……."

입가를 비집고 새어나오려는 '욕지거리'를 겨우 목구멍으로 삼켜 넘겼다.

"언제나 욕하지 말거라. 우리 아들이 내뱉은 그 욕이 돌고 돌아 엄마에게 올 수도 있으니까."

그럴 리 없다는 사실을 잘 알고 있다.

어린 자신에게 좋은 것만 보고 느끼게 해주고 싶은 마음일 것이다.

그래서 더욱 지키고 싶었다.

비록 보이지 않는 곳이라 해도 자신을 위해 고생하고 있는 엄마를 실망시키고 싶지 않았다.

대신 이가 부서져라 꽉 물었다.

"우민이 왔니?"

5살 때부터 도서관을 다니며 이제는 명물이 되어버린 우민이에게 관리인 할아버지가 인사를 건넸다.

"네. 안녕하세요."

화가 난 와중에도 우민이 반사적으로 고개를 꾸벅 숙였다. 콧김까지 씩씩 뿜어내며 이를 꽉 물고 있는 모습이 마냥 귀엽게만 보였는지 할아버지는 머리를 쓰다듬었다.

"오늘 학교에서 친구랑 싸웠나 보구나."

"차라리 그런 거였다면 좋겠어요."

"허허허, 그럼 뭐가 우리 우민이를 이렇게 화나게 했을꼬."

엄마가…….

엄마가…….

우민이는 차마 자신이 보았던 상황을 입에 담지 못했다. 건드려서는 안 될 '금기'를 건드리는 것만 같았다.

할아버지는 입을 떼지 못하는 우민이를 안쓰럽다는 듯 바라보았다.

누군가는 8살 꼬마의 일상적인 투정이라 생각할지도 모른다. 하지만 몇 년간 우민을 겪은 도서관 관리인이자 도서관장인 고은석은 알고 있었다.

우민이 말하지 못할 정도의 일이면 간단한 일이 아니다. 자신이 해결할 수 있는 일도 아니리라.

그가 할 수 있는 일은 그저 자신과 함께 놀며 잠시라도 이 '아이'를 괴롭히고 있는 근심을 잊게 해주는 것이 전부였다.

"음… 오늘은 원래 인물 표현에 대해 이야기를 나눠보려 했는데, '빙고'를 한번 해볼까?"

"빙고요?"

"단, '분노'에 관련된 단어만 적어보는 거야. 할아버지를 이기면 우민이가 좋아하는 햄버거 사 주마. 대신 우민이가 지면 오늘 있었던 일에 대해 글로 적어줄 수 있을까?"

우민이 고개를 끄덕였다. 지금이라면 분노에 관련된 단어를 수십 가지라도 떠올릴 수 있을 것 같았다.

이겨서 햄버거를 한 입 베어 물면, 정신이 '멍'해지며 눈앞이 흐릿하게까지 보이는 이 '감정'이 조금은 사그라질지도 모른다는 생각이 들었다.

"가위, 바위, 보!"

둘 다 묵을 냈다.

"다시 가위, 바위, 보!"

이번에는 고은석이 묵, 우민이 가위를 냈다.

"하하, 할아버지가 또 이겼구나. 그럼 시작한다."

"으윽."

우민이 이미 졌다는 듯 앓는 소리를 냈다.

"겹치는 단어가 있을지도 모르잖느냐."

"벌써 두 판쩬데 한 번도 없었잖아요……."

오판 삼선의 승부. 두 번의 게임에서 우민은 일방적으로 패배했다.

고은석이 부르는 단어는 자신이 적은 것 중에 단 하나도 없었고, 자신이 불렀던 단어는 '족족' 고은석의 게임지에 적혀 있었다.

"하하, 그래도 할아버지가 우민이보다 몇십 년은 더 살았는데 질 수야 없지."

"칫."

놀리는 듯한 말투에 우민이 대꾸도 못 하고 애꿎은 게임지만 만지작거렸다.

머리로는 지고 있는 상황이 이해가 갔지만 가슴이 납득하지 못했다.

지고 싶지 않은 마음이 굴뚝같았다.

"분개."

"없어요."

"부아."

"없어요……."

우민은 이번 판도 졌다는 느낌에 맥없이 중얼거렸다.

화나 분노와 관련된 단어가 이렇게나 많은지 처음 알았다. 어린 시절부터 여러 책을 읽으며 꽤나 많은 단어를 알고 있다고 생각했지만 할아버지, 즉 고은석에게는 도무지 상대가 되질 못했다.

"분격."

"없어요오."

"하하, 이거 영 할아버지한테 상대가 안 되는걸?"

우민이 최후의 필살기로 남겨놓고 있던 애교 카드를 꺼내 들었다.

입을 삐죽 내밀고, 눈을 살짝 내리깔았다. 턱을 뒤로 조금 잡아당기며 혀 짧은 소리를 냈다.

"히잉, 할아부지이……."

"요 녀석, 그래도 소용없다."

"쳇."

이내 자세를 바로잡은 우민이 게임지를 바라보았다. 마치 자신이 뭘 적어놓았는지 알고 있기라도 하듯 피해 나갔다.

'하긴 할아버지께 글쓰기를 배웠으니 당연한 건가.'

엄마 손을 잡고 처음 온 도서관은 신세계였다. 독서라는 즐거움에 흠뻑 빠질 때쯤 관리인 할아버지가 독후감을 써오면 과자를 사준다는 것이 인연의 발단이 되었다.

그 뒤로 할아버지께 글쓰기를 배우다 보니 여기까지 왔다.

"격노."

"아싸!"

우민이 자리에서 벌떡 일어나며 기쁨의 환호성을 터뜨렸다. 드디어 자신이 적은 단어가 나왔다.

이제 순서는 자신에게 넘어왔다.

"그렇게 좋으냐?"

"흐흥! 할아버지는 이제 펜 놓으셔도 돼요. 제가 끝내 버릴 테니까."

고은석이 인자하게 우민을 바라보았다.

"어디 한번 해보거라."

그 뒤로는 우민의 압도적 우세였다.

빙고!

첫 판을 끝내고.

빙고!

두 번째 판마저 이긴 우민은.

빙고!

세 번째 게임마저 빠르게 접수했다.

고은석은 그저 온화하게 웃으며 희희낙락하는 우민을 바라
보았다.

＊　　　＊　　　＊

햄버거 집에 도착해 불고기 버거를 한 입 베어 문 우민이
천천히 맛을 음미했다.

"그렇게 맛있느냐?"

"네. 흐흐, 매일 이것만 먹어도 질리지 않을 만큼 맛있어
요."

"하하, 천천히 먹어라. 누가 안 뺏어 가."

"할아버지는 정말 안 드세요? 진짜 맛있는데."

"할아버지 나이에 이런 거 먹으면 속이 부대껴서 안 돼요."

"부대껴요?"

햄버거를 한 입 베어 문 우민의 얼굴에 궁금증이 떠올랐다. 문맥상 '좋지 않다'라는 의미는 알 수 있었다.

그런 우민에게 고은석의 친절한 설명이 이어졌다.

"사람이나 일에 시달려서 괴로움을 겪거나, 먹을거리에 대해서는 속이 크게 불편해서 쓰리거나 울렁울렁거릴 때 쓰는 말이지."

"아~ 저도 오늘 아이들 속에서 부대꼈어요."

"요 녀석. 너도 어린아인데 아이들 속에서 부대끼다니."

"헤헤, 저는 어른 같은 아이잖아요."

한편으로는 기특하면서, 약간의 쓴맛이 입안에 돌았다. 아직 8살. 무엇이 이 아이를 어른답도록 만든 것일까.

고은석은 그것이 결코 웃으며 마주할 수 있는 경험이 아니란 것만은 확신할 수 있었다.

"어른 같은 아이니 오늘 할아버지한테 배운 단어들도 잘 적어놨지?"

우민이 가방에서 게임지로 사용했던 공책을 꺼내 들었다. 그곳에는 자신이 적은 '분노'에 관한 단어들만이 아니라 고은석이 말했던 것까지 빼곡히 적혀 있었다.

"여기 다 적어놨어요."

"하하, 잘했다, 잘했어. 글쓰기의 기본 중 하나가 풍부한 단어 사용이다. 언제나 상황에 적절한 단어를 사용하고 있는지 고민, 또 고민해야 해."

고은석은 보면 볼수록 대견스러운 우민의 머리를 쓰다듬었다.

"음… 그러면 지금 이 상황에는 비분강개라는 단어가 어울리겠네요."

"이 녀석아. 지금은 고마움, 감사, 할아버지에 대한 사랑, 이런 말이 어울리지."

"할아버지가 일부러 져주셔서 햄버거를 먹고 있는 거잖아요. 정당하게 했으면 진 게임이라는 사실을 인정하려니 분하고, 그러면서도 햄버거를 먹으려는 욕심에 조용히 있는 제 자신이 슬프니까요."

측은함에 고은석이 잠시 말을 잃었다.

"우민아……."

"지금은 괜찮아요. 그런 생각이 아주 잠깐 들었어요. 헤헤."

우민이 밝게 웃어 보였지만 고은석은 가엾은 눈길을 거두지 않았다.

"그 정도 욕심은… 괜찮다. 앞으로 할아버지 앞에서는 언제나 욕심부려도 돼."

감자튀김까지 싹쓸이한 우민이 우물쭈물해하며 말했다.

"그러면… 하나 더 먹어도 돼요?"

"어이쿠, 이 녀석이. 이거 내가 우민이에게 한 방 먹은 건가? 더 먹으면 어머니께 이 할아버지가 혼나는데."

"히잉… 방금 욕심부려도 괜찮다고 하셨으면서."

"요놈 보게나. 알았다, 알았어. 대신 어머니께는 비밀이다?"

우민이 알았다며 힘차게 고개를 끄덕였다. 고은석이 할 수 없다는 듯 자리에서 일어나 햄버거 하나를 더 주문했다.

*　　　*　　　*

집으로 돌아온 고은석은 우민이 제출한 과제를 살펴보았다.

"완급 조절만큼은 정말 타의 추종을 불허해."

고은석은 우민이 적어낸 과제를 보며 감탄사를 흘렸다.

소싯적 글 밥을 먹으며 꽤나 이름을 날렸다. 그렇게 얻은 작은 명성 덕분에 도서관장 제의까지 받았다.

도서관장을 수락한 이유는 단지 편안한 노후를 보장받기 위함만은 아니었다. 매달 들어오는 인세로 이미 먹고사는 걱정은 없었다.

도서관을 운영하며 지역사회에 이바지하고자 하는 마음이 컸다.

그러던 차에 만난 것인 '이우민'. 지금까지 자신이 만난 아이들 중 글쓰기에 가장 재능 있는 친구였다.

재능이라는 말로는 부족했다. 영재, 천재, 신동. 그 어떤 단어로도 우민을 표현할 수가 없었다.

신조어를 하나 만들어야 할 것 같았다.

"요즘 말로 세젤글이라고 해야 하나."

세상에서 제일 글을 잘 쓰는 사람. 아직 나이가 어려 그 정도는 아니더라도, 어쩌면 우민이 미래에 한국 최초의 노벨 문학상을 받을지도 모른다는 생각은 환갑이 넘은 고은석을 들뜨게 만들었다.

＊　　　　　＊　　　　　＊

집으로 돌아온 우민이 다용도 밥상을 펼쳐 들었다. 밥상 위에는 중학생 형에게 과제로 받아온 갈매기의 꿈이 올라가 있었다.

갈매기의 꿈.

원제는 '갈매기 조나단 리빙스턴'이라는 이름으로 저자는 '리처드 바크'다.

1970년대에 출판되어 전 세계에 6천만 부 이상 판매된 베스트셀러로, 꿈을 좇는 갈매기인 '조나단'이 신체의 한계를 극복하고 고속 비행에 성공하는 것이 주된 내용이었다.

참신한 설정과 간단하고 짧은 내용 속에 묻어 있는 깊은 철학적 색채로 대중들의 인기를 받았다.

"독후감부터 써볼까."

우민은 펜을 잡자마자 무섭도록 집중했다.

책에서 읽은 활자들이 서로 충돌하고 섞여 화학작용을 거쳐 나오면 하나의 문장이 된다.

그렇게 만들어진 문장이 쌓여 문단이 되고, 문단이 쌓여 하나의 글이 되었다.

써야 할 내용이 절로 떠올랐다.

그렇게 30여 분이 지났을까.

A4 두 장 분량의 글을 써낸 우민이 손에서 펜을 놓고 기지개를 쭉 켰다.

"됐다."

어느새 독후감 한 편이 '뚝딱' 완성되어 있었다. 하지만 이걸로 끝이 아니었다.

퇴고 작업이 남았다.

우민이 서랍에서 공책 한 권을 꺼내 들었다. 그곳에는 '글꽃 중학교' 선생님 목록이 빼곡히 정리되어 있었다.

"선생님 성함이 '최성현'이라고 했지. 최성현, 최성현……."

가나다라 순으로 정렬된 공책의 페이지를 넘기던 우민이 행동을 멈추었다.

"역시 내 기억이 맞았어. 이분은 단순히 줄거리를 깔끔하게 요약하는 것보다는 이를 통해 느낀 점을 앞으로의 생활 습관과 연계시키는 글을 좋아하시니까."

우민이 대신 해준 숙제들이 처음부터 좋은 결과를 얻은 것은 아니었다.

중학생 수준을 벗어나는 글들이기는 했지만 각 선생님마다의 평가 기준이라는 것이 달라 초반에 애를 먹었다.

그래서 생각한 것이 선생님들에 대한 데이터 수집이었다. 도서관에 과제를 하러 오는 형들에게 묻고 물어 수집한 양이 상당했다.

"새로운 도전을 통해 발전할 수 있었던 에피소드를 추가하자."

기지개를 켜고 목도 두어 바퀴 돌렸다.

"컴퓨터가 있다면 더 빨리 작성할 수 있겠지만."

가격이 최소한 50만 원이 넘어간다. 한 달 일해서 백만 원 조금 넘는 돈을 버는 어머니께 사달라고 말할 수가 없었다.

"공모전만 1등 하면 그 돈으로 사자. 그러면 도서관 정보화 열람실에 가서 하거나, 이렇게 손으로 하는 것도 끝이다, 끝."

우민이 다시 펜을 잡고 퇴고에 힘썼다. 그렇게 숙제를 하나 끝내는 데 걸리는 시간이 약 한 시간. 어머니 박은영이 퇴근할 때까지 우민은 다용도 밥상 앞에서 일어나지 않았다.

다음 날 방과 후.

우민은 중학교 교문 앞에서 형들을 기다렸다.

"여기에요!"

며칠 전 봤던 익숙한 얼굴들이 우민에게 다가왔다. 우민은 들고 있던 과제를 하나씩 형들에게 나눠주었다.

"여기 이건 갈매기의 꿈 독후감. 이건 젊은 베르테르의 슬픔."

둘에게 과제를 건넨 우민이 잠시 멈추었다.

"또 이건… 자유 양식 생활문. 후불로 하셨으니까 계산부터 해주세요."

우민이 손을 내밀었다. 짝다리를 짚은 채 우민을 꼬나보던 중학생이 '찍' 하고 바닥에 침을 뱉었다.

"야."

"네?"

"이게 어디서 형들한테 꼬박꼬박 돈 달라 소리야."

친구의 돌발 행동에 숙제를 받아 든 둘이 일순 멈칫했다.

"야. 뭐, 뭐 하는 거야. 어서 돈 주고 가자."

"잠깐 기다려 봐. 이 새끼 이거 웃긴 놈이잖아. 어디서 형들한테 눈 똑바로 뜨고. 숙제 맡겨주는 것만으로도 '고맙습니다' 해야지."

우민이 어이가 없다는 듯 중학생을 노려보았다.

"후회하실 텐데요."

"후회는 무슨, 오늘부터 넌 내 숙제 셔틀이다. 앞으로 일주일에 한 번씩 이 시간에 여기서 딱 기다려. 알았어?"

조용히 노려보기만 하고 있는 우민을 향해 중학생이 주먹 쥔 손을 치켜들었다.

"이 새끼가. 알았어, 몰랐어. 대답 안 해?"

"그럼 오늘부터 형은 제 용돈 셔틀이 되겠네요."

"이 새끼가 미쳤나. 뭐라는 거야."

"매주 이용해 주신다니까. 종신 계약을 하시겠다는 줄 알았죠."

상황이 악화되자 이미 숙제를 건네받은 중학생들이 안절부절하질 못했다.

"빨리 돈 주고 그냥 가자니까. 너, 뭐 하는 거야?"

"이 돈이면 겜방 두 시간인데, 너네 왜 그러냐. 내가 공짜로 숙제 맡길 수 있게 해준다니까."

더 이상 안 되겠다 싶었는지 우민은 이미 숙제를 받아 든 둘을 바라보았다.

"민철이 형, 형네 아버지 잘 계시죠? 아주머니랑 사이는 어떠세요?"

"더, 덕분에 좋아."

"석규 형, 형네는요?"

"우, 우리도 좋지."

"그럼 뭐 하세요. 저 돈 받아야 되는데. 아니면 부모님들께 전화 돌릴까요? 그것도 아니라면… 3학년 세찬이 형한테 연락할까요?"

"아하하. 하하하하하."

어색하게 웃던 한 명이 '찍' 하고 침을 뱉던 놈의 양팔을 붙잡았다.

"야, 뭐야, 너. 왜 그래?"

또 다른 한 명이 급하게 주머니를 뒤져 우민에게 돈을 건넸다.

"앞으로도 잘 부탁드릴게요. 특히나 '형'은 앞으로 매주 이곳에서 '딱' 대기하셨으면 좋겠어요."

계산이 끝나고 우민이 돌아가자 그제야 두 사람이 잡고 있던 팔을 놓았다.

"도대체 왜 그러냐, 너네. 그리고 세찬이 형이면 3학년 일진 회장 아냐? 저 자식이 그 형을 어떻게 알아?"

"너 제 별명이 뭔지 모르냐?"

"그걸 내가 왜 알아야 되는데."

"전학 와서 잘 모르나 본데 이제부터 알아야 할 거야. 한마디로 우리 동네 큐피드야."

"…뭐?"

"이혼까지 고려하던 우리 부모님 사이부터 세찬이 형네 부모님, 그리고 지금 세찬이 형이 만나고 있는 여자 친구까지. 모두 쟤가 이어준 거야."

여전히 잘 이해가 되지 않는 듯 얼떨떨한 표정이었다. 다른 두 사람은 더 이상 설명하기 귀찮다는 듯 숙제를 가방에 넣고 앞장섰다.

"야, 가, 같이 가."

"그냥 한마디로 쟤 건들면 이 동네에서 아무것도 할 수 없다고 생각하면 돼."

"아까부터 도대체 무슨 말을 하는 거야. 알아듣게 설명해 주면 덧나냐."

설명을 하던 친구가 더 이상 입 아프다는 듯 고개를 까딱거리며 저 멀리 보이는 우민을 가리켰다.

"아이고, 우민이 집에 가는 길이니?"

"어쩜 벌써 초등학교 입학이라니 많이 컸구나."

"다음번에 아저씨 가게 오면 공짜로 밥 줄 테니까. 어머니 모시고 한번 오거라."

"아줌마가 머리 예쁘게 깎아줄 테니까. 꼭 한번 들러요."

우민이 지나는 길 주변의 상점 주인들이 너도나도 아는 척을 하며 반겼다. 우민은 그때마다 꼬박꼬박 배꼽 인사를 했다.

"이제 대충 감이 오냐? 내가 너, 학교가 아니라 이 동네 전체에서 왕따당할 뻔한 거 구해준 거야."

중학생 아이는 여전히 머리로는 잘 이해가 가지 않았지만 본능적으로 느껴지는 것이 있는지 흠칫 몸을 떨었다.

우민의 모습이 멀어져 이제는 잘 보이지 않았지만 셋은 쉽사리 발걸음을 떼지 못하고 끝까지 지켜보았다.

제3장
봄맞이 공모전

　남일원은 수업을 진행하며 힐끗 우민을 살폈다. 알아본 바에 의하면 이미 동네에서도 유명 인사였다.

　사과할 일이 있을 때나 어버이날 편지를 써야 할 때, 또는 연애가 필요할 때 꽤나 많은 사람들이 우민을 찾는다.

　마치 점집의 무당처럼 우민이 쓴 편지는 상대방의 마음을 흔들어놓는다고 했다.

　이혼할 뻔한 사이도, 처음 만나는 풋풋한 사이도, 틀어질 대로 틀어진 부모 자식 간도 우민에게 맡기면 관계 개선의 물꼬를 튼다.

'신기하단 말이야.'

아무리 봐도 여느 아이들과는 '궤'를 달리했다. 며칠간 관찰한 바에 의하면, 쉬는 시간에도 다른 아이들과 어울리며 노는 법이 없었다.

가져온 책을 읽거나 고사리 같은 손을 움직여 글을 썼다. 친구들이 놀자고 다가와도 대충 상대해 주다 말았다.

저러다 왕따가 되지나 않을지 걱정까지 될 정도였다.

하지만 잘생긴 외모 덕분일까. 그런 걱정은 기우에 지나지 않았다.

어디서 들었는지 '시크'라는 단어를 남발하는 여자아이들 속에 쉬는 시간마다 갇혀 있었다.

점심시간.

우민은 여자아이들 속에 둘러싸여 있었다.

"우민아, 책 봐?"

"보면 모르니? 우민이 책 보는 중이잖아."

짝으로 보이는 여자아이가 마치 보호자라도 되는 양 다른 여자아이들을 쫓아내려 했다.

그러거나 말거나 우민의 시선은 책에만 가 있었다.

"어, 나도 저거 봤는데. 마법사 해리."

마법사 해리.

전 세계에서 4억 권 이상 팔린 판타지 서적으로, 어린아이에서부터 성인까지 남녀노소를 가리지 않고 인기를 끈 책이다.

영화화까지 되면서 발생한 수익만 조 단위를 거뜬히 넘어갔다.

얼마 전 우민이 도서관에서 빌려 재밌게 읽고 있는 중이었다.

"나도! 나도! 우리 집에도 있어! 마법사 해리!"

여자아이의 말에 우민이 고개를 들었다.

"집에 다 있어? 전권 다?"

"응! 다 있어. 다!"

자신에게 말을 걸었다는 사실이 기쁜지 여자아이가 활짝 웃었다.

'정말 전권 다 있는 건가.'

아이들의 말을 그대로 믿으면 안 된다.

우민은 유치원 때부터의 경험으로 알고 있었다. 아마 한 권만 있어도 다 있다고 할 것이다.

'전권'이라는 말 자체를 못 알아들었을 수도 있다. 지기 싫다는 듯 다른 아이들도 손을 들었다.

"나도, 나도 다 있어."

"나도!"

"음······."

도서관에서 1, 2권을 빌리는 것도 쉽지 않았다. 인기가 있는 책이어서인지 전체 6부, 총 32권의 책들이 차례대로 있지 않고 이가 빠지듯 중간중간 비어 있었다.

겨우 빌린 것이 1부 마법사 해리와 지팡이의 1, 2권. 나머지도 예약을 해두긴 했지만 대여까지 2주를 넘게 기다려야 했다.

'지금 당장 보고 싶은데.'

우민이 너도나도 책이 있다며 손을 든 여자아이들을 보며 말했다.

"그럼 내일 학교에 이거 3, 4권 가져올 수 있는 사람 있어?"

"나!"

"아냐, 나! 나!"

우민의 마음에 들기 위해서인지 여자아이들이 필사적으로 손을 들었다.

그런 아이들을 우민이 한 명씩 가리켰다.

"그럼 너는 1부 마법사 해리와 지팡이 3, 4권 가져올래? 너는 2부 1, 2권. 그리고 너는······."

"그럼 나랑 놀아주는 거야?"

"나랑도 놀아줘."

여자아이들은 마치 병아리가 어미 닭을 졸졸 쫓아다니는

것처럼 우민에게 찰싹 달라붙어 떠날 생각을 하지 않았다.

그런 아이들을 보며 우민이 시크하게 말했다.

"알았어. 내일 책 가져오면 놀아줄게."

"자, 이야기 끝났으면 우민이는 잠시 선생님 좀 볼까?"

"선생님! 우민이는 저희랑 놀아야 된단 말이에요."

"하하, 숙녀분들께는 죄송하지만 선생님이 잠시만 빌릴게요."

남일원이 여자아이들의 원성을 들으며 우민을 교무실로 데리고 갔다.

교무실로 내려와 자리에 앉은 남일원이 종이를 내밀었다.

"거기, 적혀 있는 게 현재 예정되어 있는 공모전이야."

서울시 교육청 봄맞이 글쓰기 대회. 50

헌법 사랑 글짓기. 30

아빠, 금연하세요. 50

벚꽃 나무 공모전. 30

국군 장병 위문편지. 30

코이카 글짓기 공모전. 50

내 손으로 어린이 드라마를! 100

옆에는 친절하게 숫자까지 적혀 있었다.

"숫자 보이지? 네가 말한 대로 상금 10만 원 이상짜리로만 골랐다. 그리고 서울시 봄맞이 글짓기는 학생당 한 작품으로 한정되어 있더라."

우민의 눈은 공모전의 제목보다 숫자에 고정되어 있었다.

만약 전부 대상을 수상한다면 340만 원. 상상도 하지 못했던 숫자다.

기쁨의 환호성이라도 지르고 싶은 걸 겨우 참았다. 입가를 비집고 자꾸만 웃음이 새어나왔다.

뛰어난 외모 탓일까. 약간의 미소만으로도 주변이 환해졌다.

"선생님, 혹시 이런 공모전이 앞으로 더 있을까요?"

"아마도 그럴 거다. 현재 공고 나온 것만 추린 거니까. 5월이 넘어가면 또 한차례 쏟아지지 않을까 싶은데."

우민이 포동포동 살이 올라 있는 두 주먹을 불끈 쥐었다. 솟아오르는 흥분에 입술까지 꽉 깨물었다.

이거다.

반지하 방을 벗어나고, 어머니가 늦은 시간까지 손이 부르트도록 일하지 않을 수 있는 방법이다.

"꼭 전부 대상 타서 학교의 명예를 드높이겠습니다!"

"하하하, 그래, 최선을 다해봐. 그러면 좋은 결과가 있을 거다."

우민은 종이가 뚫어져라 쳐다보았다. 한 달 정도의 기간이 있는 것에서부터 제출일이 채 일주일 정도밖에 남지 않은 것도 있었다

'단 하나도 놓칠 수 없어.'

우민은 다시금 대상에 대한 열의를 불태웠다.

＊　　　＊　　　＊

어두컴컴해진 하늘. 이미 전교생은 하교를 마쳤다. 초등학교 선생을 하며 남일원이 느꼈던 최고의 장점 중 하나가 5시 근방에서의 퇴근이었다.

그러나 요즘은 그 장점이 많이 퇴색되고 있는 중이었다.

"휴우… 오늘도 야근인 건가."

남일원이 작게 한숨을 내쉬었다. 우민은 공모전 리스트를 받은 후에 조심스럽게 한 가지 부탁을 했다.

"선생님, 혹시 리스트에 있는 공모전들의 과거 대상 수상작들을 제가 볼 수 있을까요? 그러면 한결 글쓰기가 쉬워질 것 같아서요. 물론 저도 찾아보겠습니다."

머리가 영특했다. 미래가 기대되어 심장이 약간 두근거리기

까지 했다. 그래서 더욱 거절할 수가 없었다.

"내가 이렇게 바보였었나. 당연히 생각해야 했던 거 아냐."

남일원은 스스로를 자책했다. 하지만 이건 목적성의 차이일 뿐이었다.

우민은 대회에서의 우승이 목적이다. 이기기 위해 동원할 수 있는 모든 방법을 강구하려 했다.

반면 남일원은 교육이 목적이다. 대회에 작품을 내보고 여러 글을 써보며 경험을 쌓아나가게 하려 했다.

이런 생각의 차이가 방법의 차이를 만들어낸 것이다.

"하아… 더 분발해야지. 아직 1학년인데 또 담임 맡을 수도 있잖아."

남일원은 어쩌다 한두 번 더 담임을 맡게 될 수도 있다고 생각했다.

초등학교 6년 내내 담임을 하게 된다면 아마 과로로 쓰러질지도 모른다는 두려움에 살짝 몸을 떨었다.

*　　　　*　　　　*

제목: 우리 집에 찾아올 봄.

밤늦은 시간까지 어머니가 오질 않았다. 집으로 돌아와 하루 종일 멍하니 문만 바라보고 있는 날이 계속되었다.

사실은 나도 알고 있었다.

저녁 9시.

아직 퇴근하실 시간이 아니다. 그렇게 한 시간을 더 기다리면 어머니가 지친 얼굴로 돌아오신다.

집으로 돌아온 어머니는 가장 먼저 나를 들어 올리셨다.

"우리 우민이, 엄마 기다렸어?"

"응! 응!"

한없이 힘들어 보이는 어머니의 얼굴에 자그마한 웃음꽃이 핀다. 그제야 차가운 방 안에 온기가 돌고, 적막감이 서서히 물러가며 우리 집에도 봄이 찾아온다.

…중략…

우편과 홈페이지를 통해 접수된 수백 개의 작품들을 살피느라 정신이 없던 서울시 봄맞이 창작 대회 심사 위원 최준철이 보고 있던 글을 잠시 내려놓았다.

"음…….'

옆에 앉아 있던 다른 심사 위원이 최준철을 향해 다가왔다.

"피곤하시죠? 여기 커피 가져왔습니다."

"어, 고마워."

"어때요? 괜찮은 게 있나요?"

최준철이 보고 있던 글을 슬쩍 내밀었다.

"자네가 이거 한번 보게. 초등학생이라는데……."

글을 읽어내린 심사 위원이 절레절레 고개를 저었다.

"초등학생이요? 아무리 봐도 초등부에서 나올 글이 아닌 것 같은데… 학원에서 써준 것 아닐까요? 아니면 부모님이 대신 써주셨나."

"…흐음."

"요즘 어릴 때부터 스펙 관리한다고 극성인 부모들 때문에 아주 골치예요. 이건 뭐, 학생들 공모전에 어른들이 참가하는 격이니."

커피를 한 모금 마신 최준철이 다시 한번 '우리 집에 찾아올 봄'이라는 생활문을 집어 들었다.

뭔가 아쉬운 듯 몇 번 만지작거리다 입을 열었다.

"그렇겠지? 직접 쓴 게 아니겠지?"

"직접 썼다면 충분히 대상을 줄 만한 글이긴 한데… 확인 작업 한번 해볼까요?"

"……."

최준철이 찬찬히 다시 읽어보았다.

글의 흐름이 매끈하고, 문법이나 어법에 맞지 않는 부분이 거의 보이지 않았다.

가장 인상적인 점은 자신의 내면을 솔직하게 잘 드러내는 데서 그치지 않고 독자로 하여금 공감하도록 만든다는 것이다.

어머니가 일을 나가셨을 때 느꼈던 슬픔, 이후 점차 희망적으로 변해가는 상황이 과하지도, 부족하지도 않게 은은히 파고들며 심금을 울렸다.

'글 밥' 먹고사는 작가가 썼다고 해도 믿을 수 있을 정도의 수준 높은 글이었다.

옆에서 글의 출처를 찾아본 심사 위원이 아쉽다는 듯 중얼거렸다.

"뭐야, 초등학생 일 학년이 제출했네요? 이건 좀 너무했다. 고민해 볼 것도 없네요. 반려시키겠습니다."

최준철은 아무 말도 없이 또 한 번 글을 읽어 내려갔다. 읽을 때마다 글이 새롭게 다가왔다.

누군가 대타로 써줬다고 해도, 그 '누군가'를 한번 찾아볼 가치는 충분할 것 같았다.

*   *   *

가장 먼저 발표되는 서울시 봄맞이 창작 대회 발표일이 4월 초. 3월 말부터 우민의 속이 타들어가고 있었다.

"선생님, 아직 연락이 없나요?"

남일원이 진정하라는 듯 우민의 머리를 쓰다듬었다.

"연락 오면 선생님이 가장 먼저 알려줄 테니까. 기다려 보자꾸나."

자리로 돌아온 우민이 턱을 괸 채 생각에 잠겼다.

'하아, 다른 수상작들과 비슷한 수준으로 맞췄어야 했나.'

남일원이 찾아준 역대 수상작을 꼼꼼히 읽어보았다. 처음에는 비슷한 수준으로 글을 완성했다.

하지만 대상을 수상하고 싶다는 욕심 때문인지 계속해서 아쉬운 점들이 눈에 띄었다.

불필요한 단어들은 쳐내고, 명확한 의미 전달을 위해 문장을 가다듬는 작업을 몇 번 진행했다.

'퇴고를 한 번만 했어야 하는데.'

그랬더니 처음과는 완전 다른 글이 탄생해 버렸다.

처음 썼던 글이 과한 양념의 오천 원짜리 왕돈가스였다면, 퇴고를 거치고 나자 수만 원을 호가하는 호텔 돈가스로 탈바꿈했다.

'대충해서 낼걸. 오천 원짜리를 먹고 싶어 하는 사람한테 몇만 원짜리가 팔릴 리가 있나.'

우민은 그 점이 계속 후회스러웠다.

쉬는 시간.

생각에 빠져 있는 우민에게 여자아이들이 다가왔다.

"우민아, 우민아! 오늘 끝나고 뭐 해?"

"……"

"우리 집에 오빠가 사놓은 로봇 있는데 보러 올래?"

"오늘은 우리 집 차례야!"

"아니거든! 우민이 우리 집 간다고 했거든. 그렇지?"

우민은 여전히 턱을 괸 채 생각에 잠겨 있었다.

'아, 머리 아파. 자기 자리로 돌아가라고 했다간 또 울겠지.'

3월 초부터 벌써 한 달째. 쉬는 시간만 되면 반 여자아이들이 자신의 자리로 몰려들었다.

다른 반까지 소문이 났는지 간혹 구경하러 오는 아이들까지 있었다.

재잘거리는 소리가 시끄러워 한 번 '정색'하며 말한 적이 있었다.

"머리가 아파서 그런데 다들 자리로 돌아가 줄래."

최대한 약하게 얘기한다고 했음에도 불구하고, 주변의 아이들이 바로 울먹거렸다.

그때의 기억 때문에 함부로 말을 할 수도 없었다. 그렇다고 계속 이렇게 놔둘 수도 없는 일. 우민은 차라리 잠시 피해 있기로 했다.

"우민아, 어디 가! 나도 갈래!"

"화장실 가려고."

"나도, 나도 갈 거야!"

"…넌 여자고, 난 남자야."

아직 성별에 대한 관념보다 자신이 원하는 것에 대한 욕심이 더 커서일까.

"그래도 갈 거야! 화장실 같이 갈 거야!"

우민은 한층 더 머리가 지끈거리는 걸 느끼며 재빨리 자리에서 일어나 화장실로 향했다.

＊　　　　＊　　　　＊

드르륵.

문이 열리며 앞머리가 살짝 까진 선생님이 교실로 들어섰다. 자리에 앉아 있던 남일원이 벌떡 일어났다.

"교감 선생님."

"아, 남일원 선생. 이 반에 이우민 학생 있습니까?"

"네. 저희 반 학생인데 무슨 일로 그러시는지……."

꼭 썩은 감을 씹은 듯한 표정이었다. 교감 선생은 한차례 길게 한숨을 내쉬더니 남일원에게 한 발짝 더 가까이 다가갔다.

"도대체 학생 관리를 어떻게 하신 겁니까. 방금 교육청에서 이우민 학생이 제출한 작품이 다른 사람 걸 베낀 것 같으니 상황 파악해 달라고 연락이 왔어요."

"네?"

남일원이 황당하다는 듯 목소리를 높였다. 우민이 제출하기 전에 자신도 읽어보았다.

충분히 대상감이라는 생각밖에 하지 못했는데 '표절'이라니. 이 무슨 자다가 봉창 뚜드리는 소리란 말인가.

"일단 이우민 학생 데리고 교무실로 내려와요. 이거 원 참. 부끄러워서 얼굴을 들고 다닐 수가 있나."

남일원이 그럴 리가 없다며 항변하려 했으나 이미 교감 선생은 문을 열고 나간 뒤였다.

*　　　　　*　　　　　*

"솔직히 말해야 돼. 이거 정말 네가 썼어?"

"네."

"방금 교감 선생님이 말했지. 솔직히 말해야 한다고. 잘못하면 큰일 날 수도 있어. 정말 네가 쓴 거 맞아?"

마치 답을 정해놓고 있는 듯한 태도에 살짝 짜증이 났지만 우민은 최대한 성실하게 답했다.

"제가 쓴 게 맞아요. 제출하기 전에 담임 선생님께도 보여드리고 확인받았어요."

우민이 고개를 들어 남일원을 바라보았다.

"교감 선생님, 뭔가 착오가 있는 것 같습니다. 서울시 공모전에 낸 글은 틀림없이 우민이가 쓴 게 맞습니다. 제가 보증합니다."

교감 선생은 여전히 의심을 풀지 않았다.

"하긴 가정 형편도 어려운데 학원에 다니지는 않았을 테고… 혹시 인터넷 같은 데서 본 걸 가져다 쓰지는 않았니?"

남일원이 자신도 모르게 소리쳤다.

"교감 선생님!"

"남 선생, 어디서 큰 소리야. 학교에서 작품을 거르지도 않고 냈다고 서울시 교육청에서 직접 연락이 왔어. 잘못하면 관리 소홀로 자네도 징계받을 수 있다는 사실을 알고는 있나?"

"그럴 리가 없습니다. 뭔가 착오가 있는 게 틀림없습니다."

남일원의 일관된 주장에도 교감 선생의 생각은 달라지지 않은 듯했다.

"지금이라도 말하면 교감 선생님이 용서해 줄 수 있어."

"용서는 작품의 '저작자'도 제대로 알아보지 못하는 서울시 교육청이 제게 해야 할 것 같습니다."

우민의 표정은 한층 단호해졌다. 교감 선생은 8살의 치기라고 보는지 어이가 없다는 듯 콧방귀를 끼었다.

"허 참. 요새 아이들 되바라진 건 알아줘야 한다니까. 그래, 알았다. 남 선생, 전화 연결해 봐요."

남일원이 침을 한 번 꿀꺽 삼키고 전화기를 집어 들었다. 우민이를 믿지만 한편에 혹시나 하는 '의심'이 자리했다.

심사 위원들이라면 전문가.

그들이 '대필'이라고 했다면 분명 이유가 있을 것이다. 이윽고 전화 연결이 되자 남일원이 말했다.

"미래초등학교 남일원이라고 합니다. 이우민 학생이 제출한 작품에 문제가 있다고 하셔서 전화드렸습니다."

─아, 잠시만요. 저기 최준철 작가님, 이우민 학생 전화입니다.

전화 연결이 되자 우민이 남일원을 바라보았다.

"선생님, 제가 통화해도 될까요? 직접 말하고 싶어서요."

옆에 있던 교감 선생이 펄쩍 뛰며 말렸다.

"무슨 말도 안 되는 소리를, 이게 지금 애들 장난인 줄 알아."

하지만 남일원의 반응은 달랐다. 말리는 교감 선생에게 양해를 구하고 우민에게 수화기를 넘겼다.

─여보세요? 봄맞이 창작 대회 심사 위원 최준철이라고 합니다. 궁금한 게 몇 가지 있어서 연락드렸는데요.

"'대필'이나 '표절'에 대해 물어보시는 거라면 아니에요. 정말 제가 직접 쓴 건지 궁금한 거라면 맞아요. 제 말이 거짓이라 생각하신다면 오히려 제가 묻고 싶어요."

말을 하기 전 우민이 잠시 뜸을 들였다.

"제 글을 심사하실 자격은 되십니까?"

남일원이 황급히 수화기를 뺏어 들었다. 지켜보던 교감 선생의 얼굴이 왈칵 구겨졌다. 수화기 반대편에 있던 최준철도 일순 말을 잃고 전화기만 붙잡고 있었다.

수화기 너머로 들려오는 말을 최준철은 조용히 듣고만 있었다.

주변에 있는 선생님들과 말싸움이 벌어졌는지 고성이 오갔다.

─이우민! 지금 뭐라고 하는 거냐!

─저는 착한 사람은 되고 싶지만 '호구'가 되고 싶지는 않아요. 심혈을 기울여 쓴 글이 '표절', '대필'이라는 모욕을 당했는데 가만히 있는 게 웃긴 일이잖아요.

수화기를 빼앗긴 듯 아주 작은 소리였지만 분명히 들을 수 있었다. 이내 상황이 정리되었는지 성인 남성의 굵은 목소리가 들려왔다.

─죄송합니다. 선생님, 아직 어린 친구라… 의욕이 앞선 것 같습니다.

"괜찮습니다. 우민 학생을 다시 바꿔주세요."

잠시간의 시간이 지나고 수화기를 통해 앳된 목소리가 들려왔다. '무조건 잘못했다'고 사과하라는 선생님의 질책이 수화기 너머로 들려왔다.

"……."

잠시간의 침묵. 최준철이 먼저 말을 꺼냈다.

"학생도 내 입장이라면 비슷하게 반응했을 걸세."

—최소한 표절이나 대필이라는 단어는 쓰지 않았을 거예요.

딱히 틀렸다고 집어낼 부분이 없었다. 초등학생이 썼다고 믿을 수 없었기에 의심한 건 사실이다.

자신도 한 명의 작가로서 최선을 다해 쓴 글이 '표절'이나 '대필'이라는 말로 손가락질당한다면 분명 화가 날 것이다.

"……."

침묵을 긍정의 의미로 받아들인 우민이 쐐기를 박았다.

—이 정도의 표현도 과하지 않다고 생각해요.

도저히 초등학생이라 믿을 수 없을 만큼의 침착한 대응이었다. 최준철은 이 친구가 쓴 글이라는 예감이 강하게 들었다.

"그런 자신감이라면… 직접 와서 한번 확인해 줄 수 있겠나. 학생이 쓴 글이 맞다는 걸 믿지 않는 사람들이 많아서 그러네."

옆에서 듣고 있던 남일원이 다시 한번 수화기를 뺏어 들었다.

—무, 물론입니다. 내일 당장이라도 가겠습니다.

우민은 가만히 고개를 끄덕였다. 더 이상 뻣뻣하게 굴었다가는 오히려 기회를 발로 찰 수도 있다.

자신의 자존심보다는 어머니의 기쁨이 먼저다.

아들이 글쓰기 공모전에서 대상을 탔다.

아마 무척이나 기뻐할 것이다.

—그럼 내일 교육청에서 보지.

전화가 끊기고 남일원이 다행이라는 듯 가슴을 쓸어내렸다. 치솟는 화를 참지 못하고 있던 교감 선생이 우민을 보며 긴 한숨을 내쉬었다.

"내일 만약 네가 쓴 게 아니라고 판명 나면 버르장머리를 고쳐줄 테니까. 단단히 각오해라."

혹여 또다시 불똥이 튀길라 남일원이 서둘러 우민을 데리고 교실로 올라갔다.

남일원은 교실로 들어가려는 우민을 살짝 불러 세웠다.

"혹시나 해서 말하는데 선생님은 너 믿는다. 알았지?"

우민이 꾹 다물고 있던 입을 열었다.

"항상 감사하게 생각하고 있습니다."

말을 마친 우민이 교실 문을 열고 들어갔다. 잠시 지켜보던 남일원도 뒤를 따랐다.

　　　　　　＊　　　　　＊　　　　　＊

　같은 시각.

　'내 손으로 어린이 드라마를!' 공모전 심사 위원인 나진주
PD 역시 최준철과 비슷한 고민에 빠져 있었다.

　"PD님, 다른 심사 위원분들도 '달동네 아이들'을 추천했습니
다. 단지……."

　"초등학생이 쓴 것 같지가 않다. 이 말이 하고 싶은 거지?"

　"네. 정말 직접 썼다면 이거 무조건 뽑아야 합니다. 내용이
속도감 있게 전개되고, 어린아이들 사이의 갈등 구조도 훌륭
합니다. 이야기가 벌어지는 배경이 도심 재개발 지역이라 다
양한 소재가 나올 수 있다는 점도 큰 장점인 것 같아요."

　앉아 있던 나진주의 책상 위에는 시나리오 한 편이 놓여 있
었다.

　제목: 달동네 아이들.

　지은이: 미래초등학교 1학년 5반 이우민.

　KEBS(Korean Education Broadcasting System)의 드라마 PD
나진주의 시선은 마지막 줄에 있는 지은이에 가 있었다.

"나도 뽑고 싶은데 이게 진짜 이 친구 머리에서 나온 건지가 의심스럽단 말이야. 이 정도 수준이면 따로 각색 작가 안 쓰고, 그대로 가도 될 정도야."

"일단 확인 작업을 한번 해볼까요? 뭐 손해 볼 건 없지 않겠습니까."

"알았으니까. 연락처 구해와 봐. 내가 직접 전화해 볼 테니까."

나진주는 다시 찬찬히 시나리오를 살펴보았다. 내용도 내용이지만 문체가 눈에 익었다. 미사여구가 쫙 빠져 적재적소에 필요한 단어가 들어가 있었다.

겨우 초등학교 일 학년의 글에서 자신의 은사님이 보였다. 대학 시절 항상 강조하시던 점들이 잘 녹아들어 있었다.

그래서일까. 더 눈이 갔다.

"어디 도서관장직을 하신다고 했는데… 오랜만에 연락이나 한번 드려야겠어."

시나리오를 내려놓은 나진주가 핸드폰을 들었다.

*　　　　*　　　　*

다음 날.

우민은 남일원과 함께 서대문구에 위치해 있는 서울시 교육청의 한 회의실에 앉아 있었다.

맞은편에 앉아 있던 최준철이 여느 아이들과 달리 주변을 두리번거리지도, 불안한 기색도 없이 차분히 앉아 있는 우민을 향해 손을 내밀었다.

아이가 아닌 한 명의 어른으로 대해야 할 것 같았다.

"우민 학생? 반가워요. 아저씨는 최준철이라고 해요."

"네. 안녕하세요."

우민이 손을 맞잡았다.

"오는데 힘들지는 않았는지 모르겠네. 그냥 혹시나 있을 잡음들을 미연에 방지하는 거라 생각해 줬으면 좋겠어요."

"할아버지가 그러셨어요, 어른들은 쓸데없는 의심과 두려움이 많다고. 그래서 하지 말아야 할 것을 하고 해야 할 것을 하지 못한다고요. 그러니……"

옆에 있던 남일원이 어색하게 웃으며 우민의 어깨를 슬쩍 잡았다.

"아… 하하. 우, 우민아."

뜻하는 바를 모르지 않았던 우민이 뒷말을 삼켰다. 다음 말을 최준철이 이어받았다.

"그리 귀담아들을 필요 없다! 하하, 아저씨의 선생님도 비슷한 말씀을 해주셨는데 이거 참… 잊고 있었구나."

너무 도발적인 말에 남일원이 슬쩍 고개를 숙여 우민의 귓

가에 대고 조용히 중얼거렸다.

"우, 우민아, 오늘은 조용히. 알았지?"

당황한 남일원에 비해 최준철은 웃음을 멈추지 않았다.

"이거 꼭 은사님께서 나한테 호통을 치고 있는 것 같구나."

"오후에도 일정이 있어서요. 확인 작업이라는 거 어떻게 하면 될까요?"

최준철이 종이와 펜을 내밀었다.

"별것 없다. 여기에 자유 양식으로 글 한 편 써주면 돼. 글이라는 게 어쩔 수 없이 자신의 색채가 묻어나기 마련이니까."

우민이 앞에 놓인 펜을 집어 들었다. 그 순간부터 무서울 정도로 빠르게 글을 써 내려가기 시작했다.

잠시 쉬거나 고민하는 기색도 없었다.

'확실히 달라.'

글이 채 완성되기도 전에 최준철은 확신했다. 이 아이가 쓴 글이 맞다.

탁.

한 시간이 되기 전에 우민이 펜을 내려놓았다.

"다 썼습니다."

제목: 나에겐 매일이 밤이었다.

공모전에 제출했던 작품이 슬픔에서 희망으로 변해가는 상황을 노래했다면 지금은 완전히 달랐다.

오로지 하나, 분노.

글에서 느껴지는 분노의 감정에 A4용지를 잡고 있는 최준철의 손이 떨렸다.

머릿속을 파고드는 활자들이 창과 칼이 되어 뇌를 헤집었다. 속에서 치솟아 오르는 열불을 참기 힘들어 앞에 놓여 있던 냉수를 '벌컥' 마셨다.

자신이 써도 이렇게까지 감정이입을 하게 만들 자신은 없었다.

경이적인 재능에서 오는 전율.

최준철의 떨리는 손은 멈출 줄을 몰랐다.

*   *   *

등교생 생활 지도에 나와 있던 교감 선생의 얼굴이 활짝 펴졌다.

"우리 학교의 자랑, 우민이 오는구나!"

우민이 자신을 안아 들려고 두 팔 활짝 벌리며 달려오는 교감 선생의 행동에 눈살을 찌푸리며 한마디 하려 했다.

"진정해! 진정!"

교감 선생의 뒤에 서 있던 담임 선생님 남일원이 집게손가락으로 입술을 가리며 재빨리 우민의 입을 막았다.

"네, 안녕하세요."

"어제 또 연락이 왔다. 코이카 글짓기 공모전에서 금상을 수상했다는구나. 벌써 네 번째다, 네 번째."

교감 선생은 마치 자신의 일인 양 기뻐했다. 버르장머리를 고쳐주겠다는 처음의 모습은 온데간데없었다.

우민이 대꾸도 하기 전에 교감 선생이 속사포처럼 말을 쏟아냈다.

"교장 선생님도 전폭적인 지원을 아끼지 않겠다고 약속하셨다. 뭐든 필요한 게 있다면 말만 해라."

우민은 마치 기다렸다는 듯 냉큼 답했다.

"필요한 게 한 가지 있습니다."

"어떤 게 필요하니? 글 쓰는 시간을 보장해 줄까? 아니면 참고할 책이 필요해?"

"앞으로 졸업할 때까지 남일원 선생님 반으로 배정받고 싶습니다."

교감 선생의 표정에도, 남일원 선생님의 얼굴에도 똑같은 물음표가 떠올랐다.

"으, 응?"

"졸업할 때까지 남일원 선생님께 배우고 싶다고요."

"이, 일단 알았다. 교장 선생님과 상의해 보고 알려주마."

말을 마친 우민이 건물 안으로 들어갔다. 근래 우민의 매니저가 된 것 같은 느낌을 지울 수가 없었던 남일원이다.

'6년간 야근 확정인가.'

제자가 자신을 따른다는 사실에 기쁘면서도 덕분에 늘어날 업무량에 약간의 한숨이 새어 나왔다.

우민은 총 7군데 대회에 출전했다.

현재까지 4군데에서 연락이 왔다.

대상.

금상.

대상.

대상.

교감, 교장 선생님들은 우민을 볼 때마다 입이 귀에 걸렸다. 우민도 기쁨을 감추지 못했다.

4군데서 상을 타 받을 상금만 150만 원이다.

'3군데에서도 이 정도 성적을 거둔다고 치면 삼백만 원은 넘겠어.'

우민은 특히 KEBS에서 주최하는 '내 손으로 어린이 드라마를!'에 큰 기대를 걸고 있었다.

가장 많은 상금이 걸려 있는 만큼 혼신의 힘을 쏟은 작품이었다.

'KEBS에서는 무조건 대상을 타야 하는데.'

상념에 잠겨 있던 우민에게 반장으로 선출된 신수지가 다가왔다.

신수지.

1학년 3반의 반장으로 자신이 여자아이들의 사랑을 한 몸에 받고 있듯이 남자아이들의 사랑을 한 몸에 받고 있는 친구였다.

공부도 잘해서 수업 시간에 남일원의 질문에도 막힘없이 대답하곤 해 우민도 이름 정도는 알고 있었다.

신수지가 손에 들고 있던 초대 카드를 내밀며 말했다.

"토요일에 생일 파티 할 건데 올 수 있어?"

'우-우-우', 몇몇 남자아이들의 야유와 '치이이', 주변 여자아이들의 질투가 들려왔다.

'토요일이라⋯⋯.'

별일이 없긴 하지만 굳이 갈 이유 역시 찾지 못했다.

우민이 초대 카드를 받지 않고 입을 열려는 찰나, 신수지가 들고 있던 초대 카드를 우민의 책상 위에 내려놓으며 말했다.

"판타지 소설 좋아한다면서? 우리 집에 반지의 제왕 책이랑 DVD 다 있는데 오면 빌려줄게."

반지의 제왕.

모든 판타지의 시조 격이라 할 수 있는 J. R. R 톨킨의 역작이었다. 우민도 도서관에서 빌려 보려 했으나 구하기 쉽지 않았다. 마법사 해리와는 달리 아동용 도서가 아니었기에 소장하고 있는 반 친구도 없었다.

"진짜지?"

"응. 다 있어. 마법사 해리보다 재밌더라."

그러자 우민의 주변에 있던 여자아이들이 앵무새처럼 떠들었다.

"우리 집에도 있어! 나도 봤어!"

"나도! 나도!"

우민은 직감으로 알 수 있었다. 다른 아이들과 달리 신수지는 거짓말을 하는 친구가 아니다.

전부 있다고 했으니 1권부터 다 있다는 뜻이리라. 우민이 가야겠다는 쪽으로 마음을 굳힐 때 신수지가 쐐기를 박았다.

"호빗도 있으니까. 보고 싶으면 같이 줄게."

"가, 갈게!"

항상 유지되던 우민의 시크함이 처음으로 무너지는 순간이었다.

*　　　*　　　*

오랜만에 은사님을 찾은 최준철이 들고 왔던 건강 음료를 내려놓고 꾸벅 허리를 숙였다.

"하하, 교수님. 건강해 보이셔서 다행입니다."

"학교를 떠난 지가 언젠데 교수는 무슨, 자네야말로 여전하구먼."

고은석이 반갑다는 듯 손을 내밀었다. 두 손을 꽉 붙잡은 고은석이 이미 앉아 있던 나진주를 가리켰다.

"진주 알지? 이 친구도 갑자기 내 생각이 났다며 찾아왔어."

최준철과 나진주.

둘 모두 고은석이 K대학 문예 창작학과 교수로 재직할 시절 가르쳤던 제자들이었다.

최준철이 나진주의 세 학번 위로, 최준철이 군대를 다녀와 복학했을 때 나진주는 막 신입생으로 입학했다.

최준철이 선배임에도 나진주는 곱지 않은 시선으로 그를 노려보았다.

"선배가 찾아올 줄 알았다면 안 오는 거였는데, 날을 잘못 잡았네요."

"나도 마찬가지다."

고은석이 그런 둘을 번갈아 바라보며 말했다.

"허허, 둘은 여전하구나."

"흥!"

"참… 네."

마치 초등학생처럼 서로를 보지 않겠다는 듯 고개를 돌렸다.

고은석은 팔짱을 끼고 두 제자의 대화를 묵묵히 듣고만 있었다.

"그게 문학이냐? 그저 말초적인 본능을 자극해 순간의 쾌락을 추구하는 불량 식품에 불과해."

"하, 참네. 문학이요? 그거야말로 아무도 찾지 않는 유통기한 지난 썩은 곰팡이 아닌가요?"

"뭐, 뭐 곰팡이?"

"그렇잖아요. 된장도 3년이 지나면 버리라고 합니다. 선배가 그렇게 강조하는 문학이 아무리 좋은 거라도 아무도 보지 않는데 무슨 소용입니까."

나진주가 이마에 핏대까지 세워가며 열변을 토해냈다. 최준철도 지지 않고 맞섰다.

"그래서 혀까지 마비시키는 자극적인 음식만 주입한다는 말이냐? 자고로 작가의 심도 있는 고뇌가 묻어 있는 순수문학만이 진리다. 너는 어디 가서 글 쓴다고 하지도 마!"

"저 그래서 글 안 씁니다. 요새는 PD 해요, PD."

최준철이 잘됐다는 듯 콧방귀를 뀌며 말했다.

"허, 그것참 잘됐구나."

"아주 썩어빠진 한국 문학계 때문에 질려 버렸어요. 문예지에 글이라도 실을라치면 이건 뭐, 고료를 받는 게 아니라. 글을 실어줄 테니 돈을 달라고 요구하니. 나 참, 어이가 없어서."

문예지.

시나 수필을 엮어 만든 잡지의 일종으로 작가들이 등단하는 주요 수단이었다.

"그, 그거야 요새 워낙 사람들이 책을 찾지 않아서 문예지 수입도 급감하니 그런 거지."

"말씀 한번 잘하셨습니다. 그러니까 순수문학만 추구할 게 아니라 대중들의 입맛에 맞추기 위해 적당히 타협해야지요. 그게 뭐가 나쁩니까. 선배는 마치 그런 사람들을 '악의 축'이라 규정하고 있잖아요."

"아직 우리나라에 걸출한 작가가 안 나와서 그렇지, 그렇게만 되면 사람들도 곧 뭐가 몸에 좋은지 알아차릴 거다. 내가 그렇게 만들 거야."

평행선을 달리는 토론에 '성'이 난 나진주가 살짝 비아냥거렸다.

"선배처럼 원래부터 돈이 많은 사람이나 그런 생각도 할 수 있는 겁니다. 걸출한 작가는 무슨, 굶어 죽지나 않으면 다행이지."

"이번에 내가 찾았어. 노벨 문학상을 받을 인재. 그렇게만 되면 사람들의 관심도 순수문학 쪽으로 돌아올 거야."

이대로 두었다가는 끝이 없을 것 같아 고은석이 중재에 나섰다.

"너희들은 만날 때마다 평행선을 달리구나. 준철아, 너무 그렇게 '문학'이라는 아집에 빠지지 말라고 내 몇 번을 말했잖느냐. 그리고 진주야, 그저 타협하기만 해서는 '색'을 잃어버린다. 이제는 시간이 많이 흘러 '화해'할 수 있을 것 같아 불렀건만 내 실수였구나."

여전히 씩씩거리며 거센 콧김을 내뿜고 있었지만 고은석의 자책 때문인지 더 이상 군말을 붙이지는 않았다.

끼이익.

그때 문이 열리며 막대 사탕을 입에 문 채 아이언맨 마크가 새겨진 가방을 메고 우민이 들어섰다.

"할아버지, 오늘은 수업 안 해요?"

"우리 우민이 왔구나. 벌써 시간이 이렇게 됐네. 맨날 싸움만 하는 너희들은 이제 그만 돌아가거라."

고은석의 말에도 둘은 자리에서 꼼짝하지 않고 놀란 눈으로 우민을 바라보았다.

우민도 둘의 얼굴을 확인하고는 눈을 동그랗게 뜨고 중얼거렸다.

"어, 아저씨. 그리고 아줌……."

도끼눈으로 변한 나진주를 확인한 우민이 황급히 단어를 바꾸었다. 그러고는 굳이 붙이지 않아도 되는 수식어까지 붙였다.

"백합 같은 청초함이 묻어나는 누나!"

서로들 아는 사이인 것 같은 반응에 이제는 고은석이 놀라며 셋을 바라보았다.

"너희들 아는 사이였어?"

와그작.

우민이 우물거리던 사탕을 깨물며 대충 분위기를 감지했다는 듯 '씨익' 웃어 보였다.

"네. 제가 낸 작품 심사 위원들이신데, '대필'이나 '표절'한 것 아니냐며 혼내더라고요. 그래서 '똑똑히' 기억하고 있어요."

둘의 얼굴이 일순 왈칵 구겨졌다. 반대로 고은석의 얼굴에 서서히 노기가 띠기 시작했다.

완벽히 상황을 파악한 우민이 사탕을 마저 삼키며 말했다.

"아무리 제가 어려서 그랬다지만 그런 말을 들으니까 '절필'하고 싶다는 생각까지 들더라고요."

듣고 있던 고은석이 우민도 깜짝 놀랄 정도의 사자후를 토했다.

"이놈들! 도대체 사회에서 무슨 짓들을 하고 다니는 게냐!"

콧김까지 뿜어내며 열변을 토하던 둘은 얌전한 토끼가 되어 한동안 고은석의 애정 어린 질책을 들어야만 했다.

제4장

달동네 아이들 I

두 남녀의 토론 열기로 후끈 달아올랐던 도서관 회의실은 순식간에 질타의 장으로 변했다.

한번 주도권을 잡은 고은석은 고삐를 늦추지 않고 둘을 몰아쳤다.

'네. 네' 하며 고개를 숙이다 보니 어느새 두 남녀는 서로 얼굴을 마주 보며 서 있었다.

"그럼 오늘부로 화해하는 거다."

"교, 교수님."

"자, 그런 의미에서 포옹해."

나진주가 도저히 못 하겠다는 듯 입술을 꽉 깨물었다.

"그, 그것까지… 어떻게 제가 선배랑."

최준철도 싫다는 듯 고개를 흔들었다.

"진주랑 포옹이라니요. 차라리 돼지랑 하겠습니다."

"뭐라고요? 이 선배가 진짜! 누군 좋아서 하는 줄 알아요!"

또다시 싸움의 불씨가 지펴질 것 같자 고은석이 호통쳤다.

"그만! 어린아이 앞에서 뭐 하는 건가. 지금 자라나는 새싹을 밟고도 부끄러운 줄 모르고 또 싸우는 게냐."

옆에 앉아 있던 우민도 한마디 거들었다.

"맞아요. 선생님이 친구들끼리는 싸우는 거 아니랬어요. 바른생활 책에도 나오는데. 어른들은 안 지키나 보네요."

고은석이 매섭게 둘을 노려보았다. 먼저 최준철이 두 팔을 벌리며 슬금슬금 나진주에게 다가갔다.

"지, 진주야. 그동안 내가 미안했다."

"흥! 먼저 돼지라는 말 취소하세요."

"다, 당연히 취소해야지. 내가 옛날부터 지켜봤지만 너 꽤나 괜찮아."

"선생님 말씀도 있고, 우민이 앞이기도 하니까. 이쯤 할게요."

고은석이 우민을 향해 눈을 찡긋거렸다. 동네의 큐피드이자 눈치 빠른 우민이 그 순간을 놓치지 않았다.

"아저씨랑 누나 잘 어울려요. 그렇게 서 있으니까 한 폭의 그림 같아요!"

강한 부정은 강한 긍정과도 같다고 했던가. 극한의 대립이 순식간에 허물어지며 4월의 봄바람이 설렘을 싣고 회의실에 도착했다.

＊   ＊   ＊

나진주가 이제야 이해가 된다는 듯 고개를 끄덕였다.

"어쩐지 선생님 느낌이 많이 난다고 했습니다."

함께 앉아 있던 최준철도 우민을 바라보았다.

"교수님이 하셨던 말까지 따라 하던데요? '그리 귀담아듣지 마라!'"

"허허, 우민이가 그런 말까지 했어?"

셋의 시선이 우민에게로 쏠렸다.

"귀담아듣지 마라, 적재적소에 사용해라. 할아버지가 항상 강조하신 내용이니까요."

고은석이 애정 어린 손길로 우민의 머리를 쓰다듬었다. 친손자라 해도 믿을 정도로 다정다감한 모습이었다.

대학 시절 단어 하나의 잘못된 사용에도 불호령이 떨어져 내렸다. 고은석의 낯선 모습에 제자 둘은 쉬이 적응하지 못하고 어색해했다.

"늘그막에 생긴 유일한 즐거움이야. 그저 보기만 해도 흐뭇해. 가르치는 맛도 있고… 자식들도 다 미국에 가 있어서 그런지 때로는 친손자보다 정이 간다니까."

결국 고은석이 키우는 제자라는 뜻이다. 최준철이 눈을 빛냈다.

"그러면 앞으로 문학계의 거목이 되겠군요."

지지 않겠다는 듯 나진주도 앞으로 나섰다.

"누나가 우민이가 낸 '달동네 아이들' 살펴봤는데, 앞으로 방송하기에도 손색이 없더라. 혹시 여러 편으로 길게도 만들 수있니?"

또다시 싸움의 불씨가 커지기 전에 고은석이 원천 차단하겠다는 의지를 보였다.

"우민이는 '틀'에 가두지 않을 거다. 이미 가둔다고 가둬질 아이도 아니고."

고은석의 말은 곧 우민이의 선택에 맡기겠다는 뜻. 최준철과 나진주가 동시에 입을 열었다.

"네 생각은 어때?"

둘의 눈에 깃들어 있는 타오르는 욕망이 부담스러웠는지 우민이 즉답을 피했다. 그러면서도 약간의 여지를 남기며 둘을 애타게 만들었다.

"둘 다 할 수 있을 것 같은데… 아니, 이미 둘 다 한 것 같긴 한데……."

곤란한 듯한 우민의 반응에 고은석이 나섰다.

"시간이 늦었어. 우민이도 저녁 먹어야 되고, 오늘은 이쯤 하자."

벌써 저녁 8시.

식사 시간을 꽤 지나 있었다.

먹고 싶은 걸 말해보라는 말에 우민은 냉큼 햄버거를 말했다.

고은석 일행은 도서관 근처의 햄버거 가게에 둘러앉았다.

더 이상의 토론을 금지한 고은석의 제지에 서로의 안부를 묻는 시간이 이어졌다.

어느 정도 근황을 묻는 시간이 지나고, 대화가 뜸해진 순간 햄버거 하나를 벌써 해치운 우민이 아이언맨 가방에서 프린트물을 한 움큼 꺼내들었다.

"진주 누나, 아까 '달동네 아이들' 다음 편 없냐고 물어보셨죠?"

"어, 그런데 왜?"

"마침 제가 아까 심심해서 정보화 열람실에서 다음 편을 써 봤거든요."

나진주가 황급히 대본을 받아 넘겨보았다. 내용이 그리 나쁘지 않은지 정신없이 읽어나갔다.

고은석이 그런 우민을 보며 흐뭇하게 웃어 보였다. 그러고는 아이언맨 가방을 살피며 말했다.

"설마 소설로도 써놓은 게냐?"

"할아버지께는 숨길 수가 없네요."

이번에는 '달동네 아이들'을 아동 소설로 각색한 원고를 꺼내 들었다. 최준철의 눈이 동그랗게 떠졌다.

"한번 검토해 주실 수 있나요?"

이번에는 최준철이 정신없이 원고를 읽어나갔다. 30분 정도가 지나자 둘이 동시에 고개를 들며 짧은 한숨을 토했다.

"후… 하… 정말 네가 쓴 거지?"

"찌찌뽕! 역시 두 분은 잘 어울리시네요."

놀리는 듯한 우민의 말투에 나진주의 볼이 살짝 붉게 달아올랐다. 이런 우민의 재능을 익히 알고 있던 고은석이 나섰다.

"좀 더 내 품에 두고 키우려 했는데… 아쉽지만 이왕 이렇게 된 거 너희들이 좋은 곳으로 알아봐 주거라."

남아 있던 콜라를 쪼르륵 마시던 우민이 천진난만하게 말했다.

"앞으로 더 인기 있는 쪽에 집중하려고요."

"들었지?"

또다시 둘의 고개가 동시에 끄덕였다. 지켜보던 우민이 '툭' 한마디 던졌다.

"또 찌찌뿡! 천생연분이다!"

고은석이 소리 내어 유쾌하게 웃었다.

"하하, 정말 그렇구나."

아이와 노인의 놀림에도 둘은 놀라움을 넘어 황당함에 빠져 있었다.

분명 저 아이가 쓴 것이 확실하다는 것을 알면서도 믿기지가 않는지 몇 번이고 다시 확인했다.

*   *   *

식사를 마치고 최준철이 차문을 열며 말했다.

"타, 집까지 데려다줄 테니까."

나진주가 못 이기는 척 차에 타고, 한동안 어색한 기운이 차 안을 맴돌았다.

최준철이 헛기침으로 말문을 열었다.

"크, 크흠. 네 생각에는 어때?"

나진주는 창밖에서 시선을 떼지 않고 말했다.

"크게 될 아이예요."

"네 생각에도 그렇지? 어쩌면 한국 최초 노벨 문학상 수상자가 탄생할지도 몰라."

"그럴 수도 있겠지만, 파벌 싸움이나 하는 한국 문단계로 들어간다면 불가능해지겠죠."

"진주야."

"선배도 알잖아요. 고은석 선생님이 노벨 문학상 후보로 거론되기 전까지만 해도 우리나라에서 찬밥 신세였다는 거."

"그거야……."

"안 그래도 국내 문학이 독자들의 외면을 받고 있는 마당에, 단경 서만추 선생님의 제자들이 문학계를 틀어쥐고 비주류의 진출을 가로막고 있다는 거 선배가 누구보다 잘 알잖아요."

우물거리며 반박하려던 최준철이 한일자로 입을 굳게 다물었다.

"지금이야 어린아이라 주목받지 못하고 있지만 조금만 더 이름이 알려지면… 책 한 권 내기 힘들어질걸요?"

"책이야 출판사만 잘 만나면 낼 수 있어."

나진주는 비웃음이 나오려는걸 겨우 참았다.

"제 말이 그런 뜻이 아니라는 거 잘 아시잖아요. 기성 작가들 책도 팔리지 않는 마당에 아무 출판사에서 책을 낸다고 해서 팔릴까요?"

잠시 말을 멈춘 나진주가 속사포처럼 속에 있던 이야기를 쏟아냈다.

"빅3 출판사에서 나온 책이 아니면 사람들의 입에 오르내리기도 힘들어요. 그러면 당연히 팔리지도 않겠죠. 선배님, 우리는 돈 한 푼 없으면 쌀 한 톨 살 수 없는 자본주의 국가에서 살고 있습니다. 모두가 선배처럼 꿈을 위해 노력해도 '외제 차'를 끌 수 있는 상황이 아니에요."

나진주의 신랄한 비판에 굳게 닫힌 최준철의 입은 열릴 줄을 몰랐다.

'너무 심하게 말했나.'

선배들 중에서도 최준철만 만나면 유독 열변과 막말 사이의 아슬아슬한 줄타기를 시도한다.

부모님이 부자라는 '시기' 때문인지 남다른 재능에 대한 '열등감' 때문인지는 확실치 않았다.

'어차피 없는 말 지어낸 건 아니니까.'

나진주가 그렇게 합리화를 하는 사이, 차는 자양동 빌라촌에 도착했다. 그때까지도 최준철의 굳은 표정은 풀리지 않았다.

*   *   *

나머지 세 곳에서도 속속 결과가 도착했다.

국군 장병 위문편지 금상.

코이카 글짓기 공모전 은상.

내 손으로 어린이 드라마를! 대상.

결국 일곱 군데 모두에서 수상했다. 미래초등학교 교장은 함박웃음을 지으며 몇 번이고 우민을 불러 칭찬을 아끼지 않았다.

그리고 주어진 혜택.

"네 말대로, 남일원 선생 반으로 졸업할 때까지 배정해 주마."

우민은 당연하다는 듯 고개를 끄덕였다. 그 밖에도 필요한 게 있다면 적극 지원하겠다며 몇 번이고 약속했다.

교장실에서 담소를 나눈 후에는 함께 대강당으로 이동했다.

원래대로라면 아침 조회는 매주 월요일.

하지만 금요일에 도착한 일곱 번째 수상 소식을 접한 교장 선생은 이대로 있을 수 없다며 특별 조회를 소집했다.

"오늘 우리 학교에 큰 경사가 일어났습니다. 이우민 학생, 앞으로 나와보세요."

가장 앞자리에 서 있던 우민이 단상 위로 걸어 나갔다.

"여기 우민 학생이 서울시 교육청 공모전에서부터 전국의 글쓰기 대회란 대회는 싹쓸이했습니다. 자, 모두 박수."

단상 아래에 있던 아이들이 손뼉을 부딪쳤다.

"우리 학교의 학생들도 우민이를 본받아서 각자의 재능을 발아시키기 위한 노력을 경주하기 바랍니다. 우민 학생은 소감 한마디 해요."

교장 선생이 자리를 비켜주자, 마이크를 잡은 우민은 가장 먼저 남일원을 바라보았다.

"이번 공모전을 준비하면서 왜 스승님의 은혜는 하늘같다고 하는지 알게 되었어요. 담임 선생님인 남일원 선생님이 없었다면 이런 결과를 내지 못했을 거예요."

남일원은 쑥스러운지 머리를 긁적였다. 그간 고생을 많이 하기는 했다.

밤늦게까지 공모전을 찾아보고, 공모전에서 수상한 작품들을 찾았다.

대필 의혹을 받아 서울 시내 전역을 돌아다니며 확인 작업까지 거쳐야 했다.

그때 겪었던 몸과 마음의 고생이 우민의 한마디에 눈 녹듯 사르륵 녹아내리는 걸 느낄 수 있었다.

"이 자리를 빌려 다시 한번 감사하다는 인사를 드리고 싶습니다."

우민은 마이크에서 살짝 옆으로 비켜나 꾸벅 허리를 숙였다.

"자, 박수!"

교장 선생도 기쁨을 감추지 못하고, 그 둘을 흐뭇하게 바라보았다.

아침 조회가 끝나고 교실로 올라온 우민은 또다시 책을 펼쳐 들었다. 남일원은 교실로 올라오자마자 또다시 책을 보는 모습을 대견하게 바라보았다.

'으쓱거릴 만도 한데 또 책이라니.'

그런 생각도 잠시였다. '멋있다', '대단하다'며 몰려드는 친구들을 무시한 채 책만 보고 있는 우민이 약간 우려스럽기도 했다.

'어머니가 보통 아이들처럼 컸으면 좋겠다고 했는데… 저 모습은 마치 외딴섬 같잖아.'

우민은 일곱 군데에서 상을 받음으로써 당당하게 증명했다.

나는 영재다.

그렇게 생각하고 바라보자 걱정이 밀려왔다. 친구도 한 명 없이 왕따 같은 걸 당하지는 않을까? 요즘에는 '성 조숙증'이 유행한다는데 행여 그런 것은 아닐까.

남일원이 자리에서 일어나 우민을 불렀다.

　　　　*　　　　　*　　　　　*

　남일원은 이미 우민을 한 명의 성인처럼 대하기로 마음먹었다.

　그는 자초지종을 설명하고 걱정되는 바에 대해 구체적으로 설명했다.

　우민이도 이해한다는 듯 고개를 끄덕였다.

　"마법사 해리에서 해리도 비슷한 경험을 해요. 특별한 재능을 가진 그는 홀로 지내는 시간이 많았어요."

　마법사 해리라면 전 세계에서 가장 많이 팔린 책 중에 하나, 남일원도 읽어본 책이다.

　"그래, 선생님이랑 어머니가 걱정하는 것도 그런 거다. 잘 알고 있구나."

　"해리의 선생님도 비슷한 걱정을 하며 해리에게 말해요. '해리야, 친구들과 사이좋게 잘 지내야 한단다.'"

　남일원이 고개를 갸우뚱거렸다. 아무리 기억을 더듬어봐도 그런 지문은 머릿속에 저장되어 있지 않았다.

　"그, 그런 지문이 있었구나."

　"네. 그랬더니 해리가 뭐라고 했는지 아세요?"

　남일원이 모르겠다는 듯 고개를 저었다.

　"선생님, 돈 없으면 멀어지고, 돈 있으면 가까이 다가오는 게 친구인데 꼭 사이좋게 지낼 필요는 없다고 생각해요."

"…마법사 해리에 그런 지문이 있었다고?"

남일원이 의아해하며 반문했다. 전 세계 아이들에게 모험과 역경을 헤치면 꿈과 희망이 존재한다는 사실을 알려준 아동도서다. 저런 내용이 나올 리가 없다.

"헤헤, 사실은 없었어요. 원래 지문은 '맘처럼 되질 않네요. 선생님, 제가 어떻게 해야 할까요?'였어요."

남일원이 짐짓 화가 난 듯 인상을 써보았다.

"이 녀석이! 선생님을 놀리는 거냐."

우민이 아니라는 듯 항변했다.

"그런 게 아닌데… 유치원 때 대부분의 남자아이들이 미니 자동차를 가지고 놀았던 적이 있어요. 저만 빼고요. 또 한 번은 팽이가 유행한 적이 있었는데, 그때도 저만 없었어요. 멀찍이서 보기만 했어요."

이야기를 듣고 있던 남일원이 진중하게 자세를 고쳐 앉았다.

"제가 만약 해리였다면 저렇게 말해주고 싶어요."

"…우민아. 너 이 녀석."

"그런데 책은 도서관에서 빌리면 되고, 연필은 200원이면 살 수 있어요. 거의 공짜에 불과한 가격에도 불구하고, 다른 어떤 친구보다 제 이야기를 잘 들어주고, 밖에서 뛰어노는 것보다 즐겁고, 재밌는 일들이 가득해요. 친구라는 걸 꼭 사귈 필요가 있나요?"

뭐라고 말해줘야 할까. 남일원은 순간 아무 말도 떠올리지 못했다.

딱히 반박할 수가 없었다.

함께 대학을 졸업한 친한 동기들이 어느 순간부터 하나둘씩 동기 모임에 나오질 않았다.

모임에 계속 참가하는 친구들은 모두 사회에서 열심히 경제활동을 하고 있는 사람들밖에 없다.

취업을 못 해 지금은 어디서 무얼 하고 있는지 모르는 친구들이 수두룩하다.

술을 먹으며 개똥 철학을 논하고, 평생 함께할 것처럼 굴었지만 10년이 지난 지금은 그저 기억마저 희미한 추억이 되어버렸다.

"그래도 선생님이랑 엄마가 너무 걱정하시니까, 노력은 해볼게요. 내일 반장 생일도 가기로 했어요. 그러니까 너무 걱정하지 마세요."

"그, 그래……"

남일원은 쓴맛이 올라와 입맛을 다셨다.

"친구는 없지만 이렇게 걱정해 주시는 선생님이 계셔서 너무 행복해요."

"아이고… 이놈아."

겨우 8살짜리 입에서 나온 말이라고 하기에는 믿을 수 없을 정도로 어른스러운 말이었다.

"정말이에요. 이렇게 선생님께 제 마음을 털어놓는 것과 혼자 앉아 펜으로 속 이야기를 적어나갈 때는 확연히 달라요. 아마도 이런 차이 때문에 친구를 사귀라고 말씀하시는 것 아닌가요?"

"이 녀석이 선생님을 들었다 놨다 하는구나."

"헤헤."

남일원은 조용히 우민의 머리를 쓰다듬었다. 걱정하거나 어쭙잖은 조언을 해야 할 대상이 아니라, 그저 지켜보기만 하면 된다는 사실을 다시 한번 깨달았다.

*   *   *

반짝이는 목걸이를 걸치고, 한눈에 봐도 고급스러운 원피스를 입고 있었다.

피부는 꽤나 관리를 받고 있는지 매끄러운 빛을 발했다.

'우리 엄마도 꾸미기만 하면… 저렇게 될 텐데.'

문으로 들어서는 우민을 신수지가 반겼다.

"왔구나! 엄마, 얘는 우민이야."

우민이 고개를 꾸벅 숙였다.

"아~ 네가 우리 수지를 옷 때문에 고민하게 만든 친구구나."

그러면서 위아래로 우민을 훑어 내렸다. 다 해진 소맷자락, 때가 묻어 꼬질꼬질한 운동화를 볼 때면 잠깐씩 멈칫거렸다.

"엄마!"

"애는 엄마 귀 멀쩡해요. 어서 이리와 앉거라."

거실로 들어가자 같은 반 아이들이 이미 도착해 있었다.

"우와, 우민이다!"

"여기, 여기에 앉아, 우민아."

여자아이들이 먼저 우민을 반겼다. 몇몇 남자아이들도 친해지고 싶어 엉덩이를 들썩이는 게 느껴졌다.

쏟아지는 관심에 시기와 질투 어린 반응도 보였지만 우민은 무시했다.

생일 축하가 이어지고, 양껏 먹은 아이들이 삼삼오오 모여 신수지의 집을 헤집고 다녔다.

'우리 집의 몇 배일까.'

우민은 집에서 뛸 수 있다는 것 자체가 신기했다. 우민의 집은 어머니와 함께 누우면 방 안이 가득 찬다는 느낌이 들었다.

하지만 이곳은 열댓 명의 아이들이 뛰어다니고 있는데도 비좁다는 느낌이 전혀 들지 않았다.

'비싸겠지……'

방울토마토를 우물거리며 쇼파에 조용히 앉아 있는 우민에게 신수지의 어머니가 다가왔다.

"우민이는 집이 어디니?"

대답은 다른 곳에서 들려왔다.

"우리 집은 래미안이요!"

"저희 집은 편한 세상이에요!"

뛰어놀던 아이들이 먹이를 바라는 새끼 새들처럼 입을 벌렸다.

"연금 매장 건너편에 있는 빌라 지하예요."

"그, 그렇구나."

약간은 떨떠름해 보이는 표정을 우민은 놓치지 않았다. 그 순간부터 편안한 쇼파가 불편하게만 느껴졌다.

"아버지는 뭐 하시니?"

"아버지는 안 계시고, 어머니는 순댓국집에서 일하세요."

"아… 그랬구나. 아줌마가 괜한 걸 물어봤네."

"아니요. 괜찮습니다."

우민은 자리에서 일어나 신수지를 찾았다.

"수지야, 나 이제 집에 가야 하는데, 지금 반지의 제왕 빌려줄래?"

신수지가 원망스러운 눈빛으로 어머니를 바라보았다. 어머니는 오히려 신수지를 책망하는 듯 눈을 치켜떴다.

"책은 아줌마가 찾아서 수지 학교 갈 때 챙겨주마."

온화하던 모습에 조금씩 냉랭함이 흘렀다. 우민은 변화된 분위기를 놓치지 않았다.

"분명히 오늘 빌려주기로 해서 왔는데……."

"그리고 책 몇 권이 얼마나 한다고. 이참에 우민이도 하나 사렴."

"살 형편이 되지 않아서 빌려 보는 건데요?"

우민의 말은 조용하지만 담담하게 아이들의 놀이로 시끄러운 거실을 잠식해 나갔다.

한창 떠들썩하게 뛰어놀던 아이들도 잠시 놀이를 멈추고 우민을 바라보았다.

"뭐, 뭐?"

"제가 눈치도 없이 '어디'라는 말이 단순히 저희 집의 주소를 묻고 싶은 게 아니라, '너희 집은 형편이 어떠니'라고 물으셨다는 걸 몰랐네요."

당황한 신수지의 어머니가 아무 말도 못하는 사이, 우민이 성큼성큼 움직여 현관으로 걸어나갔다.

"수지야, 그럼 학교에서 보자. 아! 어차피 어머니께서 나랑 놀지 말라고 할 테니 말 걸지 않으려나. 안 그래도 귀찮았는데 잘됐다."

우민이 볼일이 끝났다는 듯 '획' 하고 차갑게 돌아섰다. 찬 바람이 '쌩' 하니 불 것만 같았다.

"엄마 때문이야!"

신수지의 울먹거리는 목소리가 뒤에서 들려왔다. 우민은 아무에게도 들리지 않을 만큼 작게 중얼거렸다.

'선생님, 아무래도 친구는 다음에 사겨야 할 것 같아요.'

우민이 나가자 '삐. 삐빅' 최신 디지털 도어록이 알람음을 토해내며 문을 잠갔다.

＊　　　　＊　　　　＊

어린이 드라마 '달동네 아이들' 기획안을 결재판에 끼운 나진주가 방송제작기획국 국장 앞에서 초조한 기색으로 입술을 꽉 깨물었다.

"이걸 장편으로 하자… 이 말이지?"

"맞습니다, 국장님. 80년대에 전 세계에서 대히트했던 '천사들의 합창' 기억하십니까?"

"그렇게까지 될 거라 확신하나?"

"지금 불고 있는 한류 열풍에 편승하면 최소한 동남아권에서 승산이 있다고 자신합니다."

나진주가 눈을 부릅뜨며 열정적으로 나섰다. 자리에 앉아 있던 국장은 고민이 되는지 잠시 눈을 감았다.

"대본은 분명 훌륭해. 어린이들에게 전하는 메시지도 뚜렷하고, 갈등 구조가 명확해서 보는 재미도 있을 것 같고……."

"요즘 트렌드잖아요. 쉽고, 단순하고, 명확하게."

국장이 기획안의 중간쯤 적혀 있는 '이우민'이라는 이름을 손가락으로 가리켰다.

"그런데 어린이 드라마가 과연 인기를 끌까? 더구나 제작비도 문제고… 가장 걱정되는 건 자네 정말 이 아이에게 대본을 맡길 생각인가?"

"그 아이가 지금 국장님이 보고 계시는 3회분 대본을 써낸 아이입니다. 이미 프로라고요."

"그렇다고 해도… 일주일에 2~3화씩 방송되는 대본을 써내는 건 기성 드라마 작가들도 힘들어하는 고된 노동이야. 이 정도 퀄리티를 계속 유지할 수 있을까?"

나진주는 확신에 가득 차 대답했다.

"제가 책임지겠습니다."

"그냥 '간'이나 보자고 시작한 공모전이야. 그래서 수상작들만 대충 제작해서 실적이나 쌓아놓으려고 시작한 거라고. 이렇게 일 크게 벌이면 뒷감당 정말 할 수 있겠어?"

나진주가 이미 일이 성사된 것처럼 기뻐했다.

"감사합니다, 국장님!"

"제작비는 정말 최소한으로 투입될 거야. 나중에 적다고 떼쓰면 안 돼."

"당연합니다!"

"아직 승낙한 거 아냐. 논의해 보고 알려줄 테니까. 나가 있어."

나진주의 경험상 이 정도 긍정적인 표현이면 승낙한 것이나 마찬가지다.

비집고 나오려는 웃음을 애써 감추며 크게 고개를 숙였다.

"국장님! 사랑합니다!"

"이놈아. 나 사랑하지 말고, 빨리 애인이나 만들어."

"아시잖아요, 저 방송이랑 결혼한 거."

"허, 네가?"

더 이상 있다가는 집에서도 듣지 않는 잔소리를 들을 것 같아 나진주가 애교 있게 웃으며 문을 열고 나갔다.

*　　　　*　　　　*

와이북스.

최준철이 국내 빅3 출판사와의 계약을 마다하고 연을 맺은 곳이었다.

사무실로 들어서던 최준철의 눈에 요상한 제목의 책이 눈에 띄었다.

"1초마다 레벨업?"

앉아 있던 출판사 사장이자 최준철의 대학 동창인 손석민이 허둥지둥 자리에서 일어나 어색한 웃음을 지어 보였다.

"그게, 너도 알다시피 요새 출판 경기가 최악이다. 뭐라도 해보려고."

"장르소설까지 손댄 거냐?"

"막말로 우리라고 '마법사 해리' 같은 작품 내지 말라는 법 없잖아."

최준철이 책장으로 다가가 '1초마다 레벨업'을 집어 들었다. '차르륵' 사무실에는 최준철이 책갈피를 넘기는 소리만이 들렸다.

10초나 지났을까?

툭.

다 봤다는 듯 탁자 위로 책을 던졌다.

"너 진심으로 이거랑 '마법사 해리'를 비교하는 거냐? 그럴 거면 나 이대로 돌아간다."

손석민이 탄식을 내뱉으며 최준철을 바라보았다.

"최 작가, 또 왜 이래. 최 작가 없으면 우리 출판사 안 돌아가는 거 알잖아."

"알면 이런 거 취급하지 마."

"요새 이런 거 안 하면 출판사 유지도 못 해요. 너 하나만으로는 아직 빡시다. 빡셔."

손석민의 거듭되는 하소연에 최준철이 무심하게 '툭' 하고 원고를 던졌다.

"이거 한번 봐봐."

"역쉬! 우리 최 작가. 신작 가져왔구나."

원고를 집어 든 손석민이 제목만 보고도 감탄했다.

"'달동네 아이들' 필이 딱! 오네. 최 작가 작품이야 어디서나 대접받잖아. 바로 콜이지."

"내가 쓴 거 아냐."

"으, 응?"

"알고 지내는 아이인데. 출판 한번 해보자."

손석민이 황당하다는 듯 눈을 동그랗게 뜨고 입을 벌렸다.

"아, 아이?"

"정확히는 초등학교 일 학년인데, 이거 될 거 같아. 그러니까. 한번 밀어줘 봐."

"이, 일 학녀언?"

손석민이 두 눈을 질끈 감고 긴 한숨을 내쉬었다. 익히 예상했던 반응이다. 하지만 어쩔 수 없이 출판하게 될 것이다. 비록 사장은 손석민이지만 자신이 먹여 살리고 있는 거나 마찬가지다.

결국 갑은 자신.

"출판해."

"야! 최준철!"

"차기작에 차기작까지 너랑 계약할 테니까."

"당연히 출판해야지!"

어차피 이렇게 될 일이었다.

제5장

달동네 아이들 II

한국 문인의 밤.

자리에 모인 작가들은 오랜만에 만나 서로 간의 안부를 묻는 데 여념이 없었다.

최준철도 글라스를 가득 채운 와인 한 잔을 들고 선후배 작가들에게 인사를 나누었다.

"최 작가, 애 한 명 키우고 있다는 소리가 들리던데……."

"송 작가님, 키우기는 제가 누굴 키웁니까. 제 앞가림하기도 버겁습니다."

송 작가라 불린 40대 초반의 남성이 최준철의 옆구리를 툭

건드렸다.

"버겁기는. 베스트셀러 순위에서 떨어지질 않더구먼."

"하하, 송 작가님도 참."

화기애애한 분위기에서 웃으며 대화를 나누던 최준철의 주변으로 또 한 명의 남성이 다가왔다.

"준철이 너도 왔구나."

남자는 입꼬리만 살짝 치켜 올라간 가식적인 웃음을 지으며 손을 내밀었다.

"문철이… 구나."

"이야, 이거 우리 문학계의 '쌍철'이 모였네."

최준철. 이문철.

쌍철이라 불리며 대중들을 사로잡고 있는 작가들이었다. 동갑내기에 등단한 시기도 비슷하다.

둘 다 출간하는 책마다 '베스트셀러'에 오르며 셀링 파워를 보여주는 점도 똑같다.

가까이 다가온 이문철이 비릿한 웃음을 머금은 채 최준철을 바라보았다.

"얼마 전에 서울시 교육청 초등부 글짓기 심사 위원 했다며? 하하, 나도 문화체육관광부에서 주최하는 글짓기 대회에서 심사 보고 왔는데, 꽤나 괜찮은 친구들이 눈에 띄더라."

이문철은 유난히 '문화체육관광부'를 강조했다. 최준철은 살짝 눈살을 찌푸렸지만 금세 회복했다.

'저놈 저거 또 시작이네.'

만날 때마다 이런 식이었다. 유독 자신에게 라이벌 의식을 느끼는지 '발간한 책의 판매량', '과외 활동' 등등 뭐든 자신보다 우위에 서려 했다.

"그랬어?"

"이름이… 이우민인가? 싹이 보여서 내가 한번 키워볼까 생각 중이야."

푸확!

최준철이 입에 물고 있던 와인을 뿜어냈다.

"이 친구! 이게 뭐 하는 짓이야!"

붉은색 와인이 사방에 흩뿌려지며 이문철의 깔끔하게 다려진 슈트를 적셨다.

최준철은 연신 미안하다며 고개를 숙였다. 듣고 있던 '송 작가'도 한마디 거들었다.

"어, 이우민이라고? 나도 얼마 전에 들어본 것 같은데… 봄꽃 축제 글짓기에서 봤나……."

최준철이 이번에는 사레가 들려 기침을 토했다.

'이우민, 설마 공모전이란 공모전은 다 내고 있는 거냐.'

최준철은 들고 있는 손수건으로 자신이 토해낸 와인을 닦아내면서도 생각의 끈을 놓지 않았다.

　　　　　*　　　　　*　　　　　*

　남일원이 들고 있던 리스트를 우민에게 건네주었다.

　"이건 이번에 새롭게 업데이트한 공모전 리스트."

　우민이 꾸벅 고개를 숙였다.

　"감사합니다, 선생님."

　"감사는 무슨. 아, 그리고 또 연락 왔더라. 이번에는……."

　남일원이 잠시 뜸을 들였다. 우민을 놀려줄 심산인 듯 실망한 표정의 연기까지 선보였다.

　"'이번에는'이 아니라 '이번에도'가 맞지 않을까요?"

　"쳇, 재미없는 놈."

　"저에게는 생존 수단이니까요."

　"내가 졌다, 졌어."

　남일원이 두 손 들어 보이며 미안하다는 제스처를 취했다. 무표정하던 우민의 얼굴에도 한 줄기 빛이 들어왔다.

　"제자가 어떻게 스승님을 이기겠습니까."

　팔을 뻗어 우민의 머리를 헝클어뜨렸다. 가지런하던 머리가 찰랑거렸다.

　"하여간 우민이 앞에서는 선생님이 농담도 못 하겠다. 그래, 네 말대로 이번에도 대상이다. 이 녀석아!"

머리에서 내려간 손이 우민의 어깨를 짚었다. 기특해 죽겠다는 듯 볼에 마구잡이로 뽀뽀를 해댔다.

삐죽 솟아올라 있는 거친 수염이 볼을 스쳐 지나갔지만 우민은 싫은 티 한 번 내지 않았다.

"오늘 같이 계약서 검토해 주시는 거 잊지 않으셨죠?"

"그래, 오늘은 소설. 내일은 드라마 맞지?"

우민이 가볍게 고개를 끄덕였다. 남일원은 이제는 정말 매니저가 된 것 같았지만 성장하는 제자의 모습을 옆에서 보는 보람에 힘듦을 전혀 느끼지 못했다.

*　　　　　*　　　　　*

계약을 한다는 말에 박은영은 누구보다 기뻐했다. 그러면서도 현 상황을 정확하게 인지하고 우민에게 설명했다.

"엄마는 계약서를 잘 볼 줄 모른단다."

그 말을 듣자마자 우민은 남일원을 떠올렸다.

"그래, 그게 좋겠구나."

박은영도 남일원과 함께라면 안심이 되었다.

우민이 남일원과 함께 와이북스 사무실에 찾아오게 된 이유였다.

어린 우민을 실제로 보게 된 손석민은 한층 당황스러움이 밀려왔지만 애써 침착함을 유지하려 노력했다.

"반갑다. 아저씨는 손석민이라고 해."

"네, 안녕하세요."

우민이 어머니께 배운 대로 꾸벅 배꼽 인사를 했다. 아직 젖살이 빠지지 않은 볼, 잡고 있는 손에서 느껴지는 부드러움이 초등학교 일 학년이라는 나이를 확인시켜 주었다.

"여기 준철이 아저씨한테 이야기는 많이 들었다. 어린 나이에 정말 대단하구나."

"칭찬 감사합니다."

"읽어보니 무엇보다 '재미'가 있었어. 어린아이가 썼다고는 믿기 힘들 정도로 주제 의식도 뚜렷했고, 불필요한 미사어구가 없다는 점도 마음에 들어."

손석민은 계속해서 말을 이었다.

"보니까 단편으로 쓴 것 같지는 않던데, 총 몇 권 완결로 생각하는지 알 수 있을까?"

어른 남성들의 시선이 우민에게로 쏠렸다.

"팔릴 때까지요."

"으, 응?"

우민이 많이 보던 익숙한 반응이었다. 고사리 같은 손으로 자신의 머리를 가리키며 말했다.

"책의 인기가 시들어질 때까지 쓸 수 있어요. 어차피 이야 깃거리는 이 속에 무궁무진하게 들어 있으니까요."

"그, 그렇구나."

최준철이 둘 사이로 끼어들며 말했다.

"우민아, 모름지기 작가란……."

이번에는 손석민이 둘 사이로 끼어들었다.

"하하, 우민이 머릿속에 무궁무진하게 들어 있다니 정말 어 쩜 이리 아저씨 생각이랑 똑같은지. 여기 계약서 한번 보거라. 어디 가도 이런 조건으로 계약하지 못할 거란 거 자신한다."

먼저 옆에 있던 남일원이 계약서를 쭉 훑어보았다.

인세 10%.

남일원이 알기로도 꽤 괜찮은 조건이었다. 미리 말했던 다 른 콘텐츠로의 각색에 대한 조건은 일절 빠져 있었다.

오로지 종이책과 이북 판매에 대한 권리만을 가지는 것이 계약 조건이었다.

검토를 마친 남일원이 고개를 끄덕이자 이번에는 우민이 한 번 계약서를 슥 읽어보았다.

계약금 50만 원이라는 문구가 우민의 눈을 사로잡았다. 책 이 한 권도 팔리지 않아도 받을 수 있다.

그렇다면 여러 권을 계약하면 더 많은 돈을 받을 수 있다 는 뜻이다.

계약서를 다 읽은 우민이 파란색 아이언맨 가방에서 도장과 함께 한 움큼의 원고를 꺼내 들었다.

"계약서는 이걸로 된 것 같아요. 그리고 드릴 말씀이 있는데 제가 여기 오기 전에 서점 베스트셀러를 한번 살펴봤습니다."

손석민이 앞으로 고개를 쭉 내밀며 집중했다. 남일원도 예상치 못한 우민의 행동에 조용히 우민의 말을 경청했다.

"대부분의 상위권 책들이 자기 계발 서적 카테고리에 속해 있었어요."

우민이 들고 있던 원고를 내려놓았다.

날 따라 해봐요. 이렇게!
글쓰기편

"날 따라 해봐요. 시리즈로 내면 어떨까요?"

손석민이 황급히 앞에 놓인 원고를 읽어보았다. 제목이 한눈에 확 들어오는 것에 마음이 동했다.

첫 장을 넘겨 서문을 읽는 순간 계약하지 않을 수가 없었다.

나이 8살에 12개 대회 공모전 수상.

소설 및 드라마 대본 계약.

어린아이답지 않은 그의 글쓰기 뒤에는 이런 비법이 숨겨져 있었다.

홍보 하나는 확실하게 될 것 같았다.

"다, 당장 계……."

하지만 도끼눈을 뜨고 자신을 노려보는 최준철 때문에 슬그머니 원고를 내려놓을 수밖에 없었다.

"우민아, 아저씨가 말했잖아. 작가는 말이야……."

최준철이 말을 마치기도 전에 우민이 말을 끊고 들어왔다.

"할아버지가 그랬어요. 지을 작(作), 집 가(家). 그러니까 작가는 글이라는 집을 짓는 사람이라고, 사람들이 사는 집이 여러 모양이듯 글도 여러 모양일 수 있다고요."

침착하게 끝까지 들은 최준철이 입을 열었다.

"그건 할아버지가 쉽게 설명하시려고 그랬나 본데, 사실 작가 할 때 '집 가(家)' 자는 집이라는 뜻이 아니라 전문가라는 의미로 쓰인 거란다. 그래서 작가는 결국 '전문적으로 글쓰기를 하는 사람'이라는 뜻이 되는 거야."

남일원이 답을 하려는 우민을 제지했다. 그러고는 최준철의 두 눈을 정면으로 응시하며 말했다.

"저는 초등학교에서 선생님으로 10여 년이 넘는 기간 동안

일하며 무수히 많은 학생과 부모님들을 만나보았습니다."

남일원이 잠시 숨을 골랐다.

"지금 같은 경우의 부모님을 만났을 때가 가장 안타까웠습니다. 대부분의 부모님들이 '성적'이라는 답을 정해놓고 아이들을 닦달하더군요."

최준철의 표정이 점차 굳어갔다.

"아이의 다른 말은 곧 '가능성'입니다. 저도 혹여 무한한 가능성에 선을 그을까 무서워 조심히 행동하고 있는 마당에 왜 자꾸 작가님께서 우민이의 가능성에 한계점을 만들려 하십니까. 더 이상 간섭하시면 우민이의 보호자로서 이 계약 그만두겠습니다."

남일원이 자리에서 일어나며 우민의 손을 잡았다.

"우민아, 가자."

손석민이 그런 남일원의 손을 잡으며 웃어 보였다.

"선생님, 잠시 진정하십시오. 이 친구가 표현이 거칠어서 그렇지 누구보다 순수한 친구입니다. 그리고 계약은 저랑 하시는 겁니다. 저는 한눈에 우리 우민 군의 가능성이 무한하다는 것을 알아본 사람입니다."

그러면서 최준철의 어깨를 툭툭 쳤다. 하지만 한일자로 굳어진 입은 열리지 않았다. 반쯤 일어나 엉거주춤한 자세의 우민이 조심스럽게 말했다.

"아저씨, 아저씨가 출판하신 '남과 여'라는 책 읽어봤어요."

남과 여.

최준철이 출간한 장편소설로 대중성과 문학성이라는 두 마리 토끼를 모두 잡았다고 평가받는 수작이었다.

"175p에서 이별을 통보하는 남자가 말해요. '거기까지. 거기까지가 네가 들어올 수 있는 경계선이야'."

우민은 멈추지 않고 말했다.

"'글에는 작가만의 색채가 드러난다'고 말씀하셨죠? 맞는 말씀이신 거 같아요. 글에서조차 경계선을 그어놓고 다른 것들을 배척하시는 분이 현실에서는 안 그럴까."

우민이 안쓰럽다는 듯 말했다.

"선을 긋고 벽만 쌓다 보면 고립될 뿐이에요. 보면 볼수록 진주 누나가 아깝네요."

말을 마친 우민이 이번에는 남일원을 바라보았다.

"그리고 선생님, 계약은 이대로 하는 게 어떨까요? 사장님 말씀대로 준철 아저씨랑 계약하는 게 아니니까요."

우민의 말에 그 자리에서 유일하게 손석민의 얼굴만이 환하게 밝아졌다. 혹여 다른 말을 할세라 빠르게 계약서를 뽑기위해 움직였다.

"역시 우민 군이 똑똑해. 잠깐만 기다려 봐요. 계약서 한장 더 들고 올 테니까."

우민이 계약을 마치고 돌아갈 때까지 최준철의 굳게 다물어진 입은 열리지 않았다.

다음 날.

우민은 KEBS가 위치한 대치동으로 이동했다. KEBS 건물에서 만난 나진주의 걱정은 여전했다.

"일주일에 두 편 정말 자신 있지?"

보통 140분짜리 영화 시나리오 한 편을 쓰는 데 1년이 걸린다. 일주일에 60분짜리 두 편의 대본을 써야 드라마가 된다.

드라마를 방송하기 위해서는 1년 걸릴 양을 일주일 동안에 해내야 한다는 말이다.

살인적인 스케줄이다.

우민이 계약하는 '달동네 아이들'은 그나마 한 회 30분으로 일주일에 두 편이었다.

그래도 영화 시나리오로 치면 반년 분량. 나진주는 확인하듯 다시 한번 물었다.

"기성 작가들도 눈 뜨고 있는 시간 하루 종일 써야 일주일에 두 편이 겨우 나와. 방송국 윗분들 걱정이 이만저만이 아니다."

우민은 말로 하지 않았다. 마치 끝없이 나오는 무한의 가방이라도 되는 양, 아이언맨이 그려진 가방에서 '달동네 아이들'

4화 시나리오를 꺼내 들었다.

"여기요. 이제 계약까지 했으니까. 집중해서 쓰면 지금보다 빠르게 나올 거예요."

4화 대본을 받아 든 나진주가 걱정스러운 기색을 지우고 세심하게 대본을 살폈다.

한 10여 분이 지났을까. 나진주가 활짝 웃으며 우민의 볼에 얼굴을 맞댔다.

"역시 우리 귀염둥이는 다르다니까."

1화와 2화의 내용이 반장 선거 과정에서 나타나는 갈등, 3, 4화의 내용은 반장이 된 아이와 대립하는 반 아이들의 모습이 주된 내용이었다.

"누나, 이런 건 저한테 하지 마시고 남자 친구한테 해주세요."

볼을 뗀 나진주가 재밌다는 듯 웃음을 감추지 못했다.

"호호, 뭐? 도대체 네 작은 머릿속에는 어떤 게 들어 있는지 모르겠다."

우민이 팔짱을 낀 채 고개를 갸우뚱거렸다.

"흠… 이를테면 소설 계약을 할 때 준철 아저씨께 울타리를 치우고 누나의 마음을 받아들여야 한다……."

나진주가 황급히 우민의 입을 막았다. 한껏 당황했는지 말소리가 떨리고 있었다.

"얘, 얘가 모, 못 하는 소리가 없네!"

"읍… 읍읍… 아, 안 할게요."

나진주가 급하게 말을 돌렸다.

"앞으로 배역 캐스팅이 남았는데 문제가 하나 있어."

우민은 앞에 놓여 있던 비스킷을 하나 집어 들었다.

와그작.

이미 편당 100만 원씩으로 계약을 맺었다. 우민은 편한 마음으로 나진주의 이야기를 경청했다.

우민의 태도 변화를 읽었는지 나진주가 포동포동한 볼을 살짝 꼬집었다.

"지금 계약한 게 1부 30편이지? 만약 인기 끌어서 2부 제작되면 편당 계약금이 천만 원 이상으로 뛸지도 모르는데……."

우민이 비닐을 벗기고 있던 비스킷을 슬며시 내려놓았다.

"누나, 문제가 뭐라고 하셨죠?"

"어떤 사람에게든 배울 점이 있다고, 혹시 또 알아. 뭔가 묘안이 나올지."

그 뒤로 한참 동안 나진주의 설명이 이어졌다.

중심 잡을 배우의 부재.

나진주가 말한 가장 큰 문제였다. 어차피 어린이들이 볼 드라마라면 연기력이 그리 큰 비중을 차지하지는 않는다.

그래도 최소한의 몰입감을 줄 수준은 되어야 한다. 앞으로 해외 수출까지 생각하고 있었기에 나진주는 '극'에서 중심을 잡아줄 배우가 필요했다.

'달동네 아이들'의 선생님 역할을 하며 드라마상에서도 현실에서도 아이들을 이끌어줄 배우.

"김혜은 선생님만 캐스팅할 수 있으면 더할 나위가 없을 텐데… 아역 배우들 연기 지도를 해주면서 '극'의 중심을 딱! 잡아줄 테니까."

김혜은.

안정된 연기력으로 어머니 역할을 도맡아 하는 국민 배우였다. 배역의 중요도나 '극'의 흥행성보다는 시나리오를 중요하게 생각하기에 독립 영화에도 간간이 얼굴을 비치고 있었다.

특히나 아이들을 사랑해 유니세프 홍보대사로도 활동하고 있다는 점이 나진주가 캐스팅 가능성을 높게 점치고 있는 이유였다.

"그럼 캐스팅하면 되잖아요."

나진주가 엄지와 검지를 맞대 동그랗게 만들었다. 우민은 단번에 무슨 말인지 알아들었다는 듯 고개를 끄덕거렸다.

"돈뿐만이 아니라 이런 규모의 드라마에 출연해 주실지가 의문이다. 촬영 스태프에서부터 세트장까지 하나같이 저예산 최소 규모라."

"누나, 사람의 마음을 움직이는 건 진심이라는 말이 있어요."

"누가 그걸 모르니."

"그럼 진심을 전달하기 위해서는 어떻게 해야 할까요?"

"요 꼬맹이가 지금 누나 놀리지? 아주 혼꾸멍을 내줘야겠어."

말은 그렇게 하면서도 나진주는 웃고 있었다. 귀여워 죽겠다는 듯 우민의 볼에서 손을 떼지 못했다.

한쪽 볼을 잡힌 채로 우민이 우물거렸다.

"저를 이용하시면 돼요. 제 별명이 홍제동 큐피드예요. 누나도 알 거예요. 큐피드의 화살은 남녀를 가리지 않는다는 거."

나진주가 이번에는 뽀뽀를 해댔다. 어차피 당황스러운 상황을 모면하기 위해 도움을 청했을 뿐이다.

정말로 우민이 김혜은을 섭외할 수 있을 거라 기대하지 않았다.

"맞아! 너의 이런 귀여움이라면 김혜은 선생님도 껌뻑 넘어오실지도 모르겠다!"

우민은 밀려드는 한기에 살짝 몸을 떨었다. 나진주는 당장에라도 잡아먹을 것처럼 우민을 향해 두 팔을 들어 보였다.

*　　　*　　　*

1m가 넘어가는 색종이가 얼기설기 엮여 있었다. 중간중간
에는 우민이 쓴 팬레터가 포인트를 장식했다.

규모 면에서 압도해 김혜은의 눈에 들기 위한 우민의 전략
이었다.

김혜은.

마흔 후반의 나이였지만 혹독한 관리를 통해 잔주름 하나
없는 30대 초반의 미모를 유지하고 있는 여배우였다.

꽤나 많은 골수팬을 거느린 만큼 수많은 팬레터가 도착할
것을 염려한 우민의 전략이었다.

"도와줄 수 있어?"

우민의 한마디에 1학년 3반 여학생들이 두 팔을 걷어붙이
고 색종이를 접었다.

이어진 색종이들 사이사이에 우민이 적어 넣은 팬레터가 꽂
혀 있었다.

"이걸 초등학생 팬이 만들어서 보냈단 말이야?"

우민의 팬레터를 받아 든 김혜은이 놀란 듯 입을 살짝 벌리
며 코를 찡긋거렸다.

"저도 보고 깜짝 놀랐습니다."

매니저로부터 팬레터를 받아 든 김혜은이 커다랗게 숫자 1이라고 쓰여 있는 팬레터를 꺼내 들었다.

첫 문구부터가 인상적이었다.

대부분의 팬레터가 '안녕하세요. 혜은 누나' 또는 '언니를 사랑하는 ×××입니다'라고 시작한다.

하지만 초등학생 일 학년이 보낸 팬레터의 시작은 달랐다.

돌아가신 아버지는 무척이나 혜은 누나를 좋아하셨어요.

그래서 혜은 누나를 보고 있으면 가끔 어머니와 장난스러운 다툼을 하신 게 기억납니다.

아마 혜은 누나를 알게 된 건 그때부터였을 거예요.

1번 팬레터를 다 읽은 김혜은은 귀신에 홀린 것처럼 다음 번 팬레터를 꺼내 들었다.

"화장품 CF 출발하실 시간입니다."

그녀는 말소리도 들리지 않는지 2번, 3번 팬레터를 차례대로 읽어나갔다.

팬레터는 김혜은이라는 이름을 알게 된 경위에서부터 드라마라는 것에 흥미를 느끼게 된 이야기로 이어졌다.

거기까지였다면 김혜은도 그저 '초등학생 팬'이라 생각했을 것이다.

하지만 마지막의 이야기가 김혜은의 구미를 동하게 만들었다.

아직 일 학년이지만 꿈을 위해서 어린이 드라마 공모전에 작품을 냈고, 운이 좋았는지 대상을 수상했습니다.
뿐만 아니라 KEBS 측에서 장편 드라마로 제작해 보자는 제의까지 왔고요.

팬레터를 읽어나가던 김혜은이 고개를 갸웃거렸다.
"애야… 어른이야."
"출발하실 시간입니다. 가면서 읽으셔도 될 것 같은데……."
마지막 글귀까지 읽은 김혜은이 자리에서 일어났다.

혜은 누나, 누나가 제 작품에 출연해 주시면 좋겠습니다. 꼭이요! 꼭!

"알았어. 가자. 그리고 KEBS에서 '달동네 아이들' 제작한다는데 한번 알아봐 봐."
정말 아이가 맞기는 한 걸까? 어린이 드라마에서 대상을 받았다는 것도, '달동네 아이들'이란 장편 드라마가 제작된다는 것도 모두 거짓말같이 느껴졌다.

"아… 그거 대본이 얼마 전에 회사로 도착한 것 같은데, 아마 본부장님이 무슨 어린이 드라마냐며 자르신 것 같아요."

"……"

김혜은의 두 눈이 더할 나위 없이 커졌다.

일단 '달동네 아이들'이란 드라마가 있다는 사실은 거짓이 아니란 걸로 판명 났다.

"…가면서 보게 '달동네 아이들' 대본도 가져와 봐."

정말 8살이 맞는지가 미치도록 궁금했다.

＊　　　　＊　　　　＊

김혜은과의 만남은 일주일도 채 지나지 않아 성사되었다.

"…진짜였구나."

우민을 바라보는 눈에는 놀라움이 가득했다. 김혜은 자신도 10살짜리 딸을 가지고 있는 엄마다.

외적으로도 내적으로도 딸 또래에 비해 우민은 성숙해 보였다. 보통 초등학생 때의 남자아이들은 여자아이보다 키가 작다.

우민은 아니었다.

"네. 안녕하세요, 혜은 누나."

우민은 꼬박꼬박 누나라는 단어를 붙였다. 겨우 8살에 불과했지만 유치원, 도서관, 동네 등에서 겪은 바에 의하면 여자들은 '아줌마'라는 단어보다 '누나'라는 단어를 좋아했다.

김혜은이 손을 뻗어 우민의 볼록 부풀어 올라 있는 젖살을 만지작거렸다.

"어쩜 이렇게… 귀엽게 생겼을까."

다른 어른들과 비슷한 반응이었다. 처음에는 자신의 능력에 놀라움을 금치 못한다. 그다음 차례의 반응이 외모에 대한 칭찬이었다.

"감사합니다."

"커서 여자 여럿 울리겠어."

"아니에요. 엄마가 여자는 지켜줘야 하는 거랬어요."

김혜은이 손까지 가리며 긴 웃음을 터뜨렸다. 우민과 이야기를 하는 내내 입이 다물어지는 시간이 없었다.

하하, 호호.

함께 배석해 있던 나진주도 당황스러울 정도였다.

'김혜은 씨가 저렇게 웃음이 많은 배우였던가.'

48살이라는 나이에 걸맞지 않은 몸매와 미모는 혹독한 자기관리에서 나온다.

그런 자기관리는 자신에게만 해당하는 일이 아니었다. 연기를 할 때도 다른 사람과 관계를 맺을 때도 '깐깐'하기로 소문난 연기자였다.

"우민아, 누나네 집에 놀러올래?"

"음······."

우민이 애교를 부리는 특유의 자세를 취했다. 어른이 했으면 고뇌하는 자세지만 8살 아이가, 그것도 뇌쇄적인 사랑스러움을 가진 우민이 하자 김혜은도 어찌할 바를 몰라 했다.

"누나네 놀러오면 수락해 준다!"

즉흥적인 결정에 매니저가 빠르게 귓속말을 전했다.

"올해 말까지 촬영이 꽉 잡혀 있습니다. 드라마 출연 스케줄까지 빼기에는······."

눈치를 살피던 나진주가 급히 입을 열었다.

"대부분의 출연자가 어린아이들이라 스케줄은 선생님 편하신 시간으로 맞춰 드릴 수 있습니다."

상황을 정리하려는 듯 김혜은이 나직이 읊조렸다.

"내 성격 알지? 한다면 한다는 거. 그리고 정말 요 꼬마가 귀여워서만은 아니야. 대본도 훌륭하고. 마침 우리 애도 10살이니 교육적인 어린이 드라마 한 편 내 '필모(필모그래피)'에 넣는 것도 괜찮지 않을까 해."

매니저가 수긍한다는 듯 살짝 고개를 끄덕였다.

"···그렇게까지 말씀하신다면 알겠습니다."

"아, 나진주 PD님, 혹시 이 드라마 제작에도 참여할 수 있나요?"

"혜, 혜은 누님!"

매니저가 기겁하며 소리쳤지만 소용없었다.

"잘하면 작품이 될 것 같은 감이 와. 요 귀여운 꼬마가 가진 악마적인 재능이 불러올 태풍이… 안 느껴지니?"

"헤헤."

상황이 생각했던 대로 돌아가는 모습을 보며 우민은 마치 아무것도 모른다는 듯 해맑게 웃기만 했다.

*   *   *

운전을 하던 매니저가 의아해하며 물었다.

"누님, 정말 제작까지 참여하실 겁니까? 그건 위험부담이 너무 크지 않을까요? 그렇지 않아도 저쪽에서 제시하는 출연료도 너무 낮은 마당에……."

"대신 해외 판권 챙겼으니 충분해."

여전히 매니저는 우려를 금치 못했다.

"그래도……."

"천사들의 합창이라고 들어봤니?"

매니저가 고개를 끄덕이자 뒷좌석에 앉아 있던 김혜은이 입을 열었다.

"어린이 드라마임에도 불구하고 세계적인 대히트를 쳤지.

왜 그렇게 성공했을까?"

잠시 생각을 하던 매니저가 간단한 답을 내놨다.

"그야 뭐… 재미가 있어서 아닐까요?"

"호호, 그렇지, 재미가 있어서지. 그 '재미'라는 말을 여러 평론가들은 풀어서 이렇게 이야기해. 종교 문제, 인종차별, 빈부격차 등등의 사회적 문제들이 잘 녹아 있어서 일반 대중들의 공감대를 획득할 수 있었다!"

그녀는 마치 평론가로 빙의한 듯 손가락까지 들어 올리며 열정적으로 말을 이었다.

"여기에도 그런 사회적 문제들이 녹아 있어. 미혼모, 빈부격차, 도심지 재개발 등등."

"대본에서 그런 면들을 보신 겁니까?"

말을 하다 보니 흥이 나는지 김혜은의 목소리가 한 톤 높아져 있었다.

"아니, 아니. 나도 너와 같은 이유야, 재미!"

"네?"

"겨우 3화에 불과한데 미혼모 아들이 다니는 학교에 첫사랑이었던 선생님이 부임해 오고, 연적으로 재개발을 하려는 젊은 사장까지 나타났어. 어때, 재밌지 않아?"

"어, 어린이 드라만데… 그러면 너무 마, 막장 아닌가요?"

김혜은이 들고 있던 손가락을 좌우로 흔들었다.

"노, 노. 양념. 양념이라는 좋은 말도 있잖아. 어린이 드라마라고 너무 유치하기만 하면 누가 보겠니?"

"…그렇긴 하지만."

"내 20년 배우 인생을 걸고 장담하는데, 두고 봐. 이번 드라마 꽤나 히트칠 거야."

할 말을 다 했다는 듯 김혜은이 등받이 깊숙이 몸을 묻었다.

'누님이 미혼모라… 공감하신 거 저도 이해합니다.'

매니저는 굳이 입 밖에 내지 않았지만 대충 김혜은의 마음을 짐작하고 있었다.

48살의 10살 딸을 가진 미혼모. 그럼에도 연기력과 뛰어난 미모로 인정받아 여기까지 왔다.

아마 대본에 깊숙이 감정이입을 했을 것이다.

"누님, 집 근처 도착했습니다."

차는 막 청담역을 지나 김혜은의 집으로 들어서고 있었다.

*　　　　*　　　　*

쨍그랑.

금빛 위스키가 담겨 있던 글라스가 벽에 부딪쳐 산산조각 나며 대리석 바닥에 떨어져 내렸다.

"어린놈의 새끼가 감히 뭐?"

화가 머리끝까지 났는지 숨소리까지 거칠어져 있었다.

지금까지 제자로 받아달라며 자신을 찾아온 글쟁이들이 제법 된다.

그중에서도 잠재력이 있는 친구들로만 선별하여 몇백만 원의 돈을 받고 수업을 진행했다.

"나 같은 선생은 필요 없다고?"

우민이 그렇게 이야기한 건 아니었다.

가르쳐 주겠다.

혹시 수업료도 필요한가요?

수업료는 아니고 유명 선생님이니 약간의 수고비만 주면 된다.

가르쳐 주지 않으셔도 될 것 같습니다.

따로 우민에게 연락할 수 있는 번호를 알아내 주고받은 대화의 간략한 줄기였다.

하지만 이문철은 자신이 무시당했다는 생각을 버릴 수가 없었다.

"최준철한테 붙어먹은 걸 내가 모를 줄 알았나 보지?"

흡사 정신병자를 보는 듯했다. 술에 취해 벌겋게 달아오른 눈동자에서는 끝을 알 수 없는 분노가 쏟아져 나오고 있었다.

"이미 책까지 출판하려고 준비하고 있었어. 감히… 감히! 나를 무시하고 최준철, 그 개놈의 새끼랑 한통속이 돼서!"

이문철은 위스키 병을 아예 통째로 집어 들고는 입속으로 들이부었다.

40도가 넘어가는 독한 술이 마치 이온 음료처럼 이문철의 몸으로 흡수되었다.

으드득.

이문철이 먹고 있던 위스키 병에서 입을 떼고 부서져라 이를 갈았다.

"문학계에 발도 못 붙이게 만들어주마."

위스키 병마저 바닥에 던져 버렸다.

콰창!

대리석에 부딪힌 위스키 병이 깨지며 바닥에 독한 알코올을 흩뿌렸다.

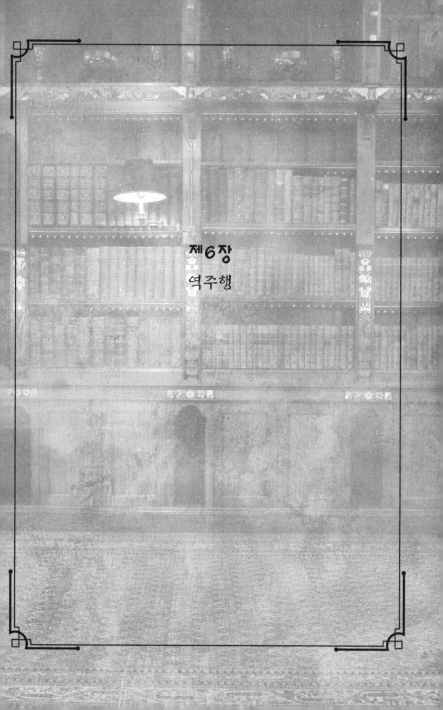

제6장
역주행

어머니 박은영의 손을 잡은 우민은 연신 싱글벙글이었다. 그런 우민을 보는 박은영의 눈가에도 따뜻함이 가득했다.

"정말 우리 우민이 책이 오늘 전국 서점에 배포됐단 말이야?"

"출판사 사장님이 그랬어. 전국 서점에 쫙 깔렸다고."

잔뜩 기대한 표정이 얼굴에 확연히 드러나 있었다. 박은영도 놀랄 정도로 우민은 밝아 보였다.

그 모습이 꼭 아이처럼 보였다.

아이지만 어른인 양 행동하던 모습이 지금 이 순간만큼은 사라져 있었다.

"우리 우민이 좋겠네, 열심히 쓴 책이 서점에도 나오고."

"많이 팔리면 이제 엄마 손에 반창고 안 붙어도 되잖아."

박은영이 허리를 숙여 우민에게 뽀뽀했다.

"엄마 생각해 주는 건 우민이밖에 없네."

"헤헤."

우민이 빠른 걸음으로 대형 서점의 소설 매장으로 걸어갔다. 'H구역 소설'이라는 푯말을 발견하고는 박은영을 불렀다.

"저기, 저기다."

박은영도 잰걸음으로 움직였다.

우민이 서점 신간 매대 위를 돌아다니며 자신의 책을 찾아보았다.

"…아직 도착이 안 됐나."

분명 매대 위에 꽂혀 있는 푯말에는 '신간 서적'이라 적혀 있었다. 천장에는 'H구역 소설'이라는 푯말이 붙어 있었다.

함께 책을 찾고 있던 박은영이 조심스럽게 말했다.

"점원한테 한번 물어볼까?"

우민이 실망스러운 기색으로 고개를 끄덕거렸다. 서점에 가자마자 누구나 볼 수 있는 곳에 자신의 소설이 놓여져 있을 줄 알았다.

이렇게 찾기 힘들어서야 누가 자신의 소설을 볼 수 있단 말인가.

"저기, 혹시 '달동네 아이들'이라고 있나요?"

"네, 고객님. 잠시만요."

책을 검색해 본 점원이 H구역에서도 구석진 곳으로 이동했다. 벽에 딱 붙어 있어 사람들의 발길이 거의 닿지 않는 곳에 도착한 점원이 허리를 숙여 바닥에서도 제일 왼쪽 끝에서 한 권의 책을 집어 들었다.

"여기 있습니다."

달동네 아이들.

이우민 저.

아들이 쓴 글이 책으로 출판되어 서점에까지 깔렸다. 비록 서점 외진 곳에서 발견하기는 했지만 박은영은 벅차오르는 감동을 감출 수가 없었다.

"우와! 우리 우민이가 쓴 글이 여기 있었네!"

"이러면 사람들이 볼 수가 없잖아⋯⋯."

낙담한 우민을 보며 박은영이 타이르듯 말했다.

"우민아, 전 세계에서 책을 낸 가장 어린 친구가 몇 살일 거 같아요?"

"⋯몰라."

"첫 번째가 4살, 두 번째가 6살이야. 우리 우민이가 지금 8살이니까 세계에서 세 번째로 가장 어린 나이에 책을 낸 사람이 된 거지."

"…그래도, 세 번째잖아."

"엄마는 이 정도만 해도 충분히 훌륭하다고 생각하는데……."

박은영이 묘안이 생각난 듯 손가락을 튕겼다.

"그러면 우리 우민이는 나중에 커서 전 세계에서 가장 많이 팔린 책의 지은이가 되면 되겠다."

솔깃한 이야기였는지 발로 바닥을 툭툭 치고 있던 우민이 번쩍 고개를 들었다.

"세계에서 가장 많이 팔린 책을 쓴 사람?"

박은영이 크게 원을 그리며 두 팔을 벌렸다.

"저언~ 세계에서 우리 우민이 책이 가장 많이 팔렸다!"

"그럼 엄마랑 아파트에서 살 수 있어?"

"당연하지!"

"음… 차 타고 놀이공원도 갈 수 있겠네?"

"거기에 우민이가 가지고 싶어 하는 아이언맨 로봇이랑 최신형 컴퓨터도 다 살 수 있을걸?"

"나 그거 할래."

박은영이 '쪽' 하고 우민의 볼에 입을 맞추었다.

"그래. 우리 우민이는 할 수 있을 거야."

우민의 두 눈에서 누구에게도 꺾이지 않을 것 같은 불굴의
의지가 번뜩였다.

같은 시각.

최준철도 서점을 돌아다니고 있었다.

'나한테까지 거짓말할 놈이 아닌데.'

매대 이곳저곳을 기웃거리며 우민이 쓴 책을 찾아보았다.
눈을 씻고 보아도 소설 쪽 구역의 신간 매대에서 '달동네 아이
들'을 찾아볼 수 없었다.

"혹시 '달동네 아이들'이라고 있나요?"

점원에게 물어보면 하나같이 서점의 가장 구석진 곳으로
안내했다.

'이렇게 해서는 전혀 홍보가 안 되잖아.'

손석민은 분명 서점 신간을 소개하는 곳에 책이 깔려 있다
고 했다.

자신과의 차기작 계약까지 걸려 있는 마당에 거짓말을 하지
는 못한다.

'인터넷에 메인 배너 광고를 올렸나.'

찾아봐도 딱히 신문이나 인터넷을 통해 광고를 하는 것도
아니었다. 그렇다고 자신이 온 동네 서점을 돌아다니며 책을
사람들이 잘 보이는 곳에 슬쩍 놓고 가는 것도 한계가 있었다.

'뭐지, 이럴 리가 없는데… 이상하단 말야.'

최준철은 급히 핸드폰을 꺼내 들었다. 한국 문학계의 거목이 될 친구를 무의미한 배설물을 쏟아내는 곳으로 보낼 수 없다는 사명감에 최준철의 가슴은 어느 때보다 불타고 있었다.

*　　　*　　　*

영재 탐험단.

공중파 금요일 황금 시간대에 전국 방방곡곡의 영재들을 소개하는 방송으로 벌써 몇 년째 시청자들의 꾸준한 사랑을 받고 있는 프로였다.

박은영의 프로그램 출연 반대로 남일원, 최준철, 박은영, 서진주가 한자리에 모였다.

가장 먼저 서진주가 입을 열었다.

"알아보니까 PD분도 신망이 있는 분이라 우민이에게 해가 되는 일은 절대 없을 겁니다."

남일원도 한마디 보탰다.

"어머님, 우민이가 비록 8살이지만 평소 어떤 생각을 가지고 살아가는지 누구보다 잘 아실 겁니다. 영재 탐험단 출현은 지금 우민이를 구속하고 있는 그 생각에서 벗어나게 해줄 기회입니다."

박은영이 고은 아미를 찡긋거렸다.

'우민이가… 엄마 고생할까 봐 또래보다 돈에 관심이 있다는 사실, 왜 모르겠어요. 하지만……'

박은영의 얼굴에 잔뜩 드리운 그늘에 최준철이 설득의 릴레이를 이어갔다.

"하루에도 수십 권의 책들이 서점가로 쏟아져 들어옵니다. 그 책들이 소비자에게 노출되기 위해서는 이런 마케팅이 '필요악'처럼 굳어져 버렸습니다. 힘들게 쓴 글, 한 번 빛은 봐야 하지 않겠습니까."

나진주가 흘깃 최준철을 쳐다보았다. 마침 최준철도 고개를 돌리다 나진주와 눈이 마주쳤다.

획.

나진주의 목이 빠르게 원상태로 돌아갔다. 그 짧은 순간 박은영은 여전히 고민에 빠져 있었다.

'저도 나가고 싶지만, 사채업자들이 찾아와 행패를 부릴까 걱정이 됩니다.'

라고 십수 번도 말하고 싶은 걸 꾹 참고 있는 중이었다. 우민의 아버지 이철기는 대리운전까지 해가며 죽기 전까지 상당한 돈을 갚아냈다.

그래도 남아 있는 빚이 1억이 조금 넘는다.

월세방을 전전하며 안 먹고, 안 입고, 안 쓰며 버텨 8천만 원가량의 돈을 모아놓았다.

모두 우민이 대학 갈 자금이었다.

감히 자신이 가늠하기 힘들 정도의 재능을 가진 우민이가 능력을 펼치고자 할 때 '돈' 때문에 발목 잡히지 않도록 정말 악착같이 모았다.

만약 영재 탐험단에 나간 걸 본 사채업자가 나타난다면 이 돈에 지금껏 우민이 받은 선인세와 공모전 상금, 드라마 계약금까지 탈탈 털어야 한다.

빚 청산은 되겠지만 앞으로 우민이 교육은 어쩐단 말인가.

그런 걱정을 아는지 모르는지 나진주가 말했다.

"앞으로 우민이 교육도 생각하고 계신다면 출연하셔야 합니다. 영재 탐험단 촬영이 나가면 복지재단 쪽에서 상당한 장학금이 도착할 겁니다."

딸랑.

그때 카페의 문이 열리며 어떻게 알았는지 고은석의 손을 잡고 우민이 도착했다.

"엄마!"

손을 흔들며 뛰어온 우민이 박은영의 옆자리에 착석했다.

우민을 보자 더욱 결심이 굳혀졌다.

이 어린아이에게 세상의 거친 모습들을 경험하게 해주고 싶지 않았다.

좋은 것, 아름다운 것들만 보여주고 싶었다. 사채업자들은 사회의 가장 어두운 단면. 어린아이라고 해서 봐주지 않는 그들의 손길이 우민이에게 닿는다는 생각만 해도 끔찍했다.

그런 박은영에게 우민이 천천히 입을 열었다.

"나 괜찮아. 그러니까 방송하자. 사⋯⋯."

우민이 잠시 숨을 골랐다.

'아차, 엄마는 사채업자라는 말 싫어하지.'

황급히 말을 바꾼 우민이 빠르게 말을 이어갔다.

"할아버지가 무서운 아저씨들이 더 이상 엄마를 괴롭히지 못하게 혼내주신대."

함께 왔던 고은석이 한 발 앞으로 나서며 말했다.

"우민이에게 다 들었습니다. 허허, 그동안⋯ 걱정이 많으셨겠습니다. 제가 아는 지인들에게 말해놓았으니 이제 염려하지 않으셔도 됩니다."

박은영의 두 눈이 사정없이 떨리기 시작했다. 앉아 있던 나머지들은 영문을 몰라 멀뚱히 고은석만을 바라보았다.

우민이 고사리 같은 손으로 박은영의 손을 꼭 잡았다.

"엄마, 너무 걱정하지 마."

박은영은 그제야 깨달은 듯 왈칵 두 팔을 벌려 우민을 안았다.

때론 어른들이 생각하는 것보다 아이들은 더 많은 것을 알고 있다는 사실을 잊고 있었다.

우민은 보통 또래 아이들 중에서도 특별한 아이.

지금껏 자신의 주변에 일어난 일을 모를 리 없다.

숙연한 분위기에 모두 조용히 하고 있을 때 생소한 얼굴이 불쑥 나타났다.

"저기… 지검장님이 보내서서 왔습니다. 서울 중앙지검 형사 제1부 소속 박종찬 검사라고 합니다."

낯선 이의 인사에 고은석이 운을 띄웠다.

"우민이 어머님, 이분께 다 말씀드리면 됩니다."

박은영의 얼굴에 잔뜩 드리워져 있던 그늘은 차츰 사라졌고, 침착하게 지금껏 자신이 당했던 일들을 설명했다. 주변의 사람들은 사채업자의 만행에 분노했고, 박은영이 수집한 증거 자료의 방대함에 놀랐다.

"이 정도면 충분합니다."

검사의 마지막 말로 그날의 모임은 마무리되었다.

*   *   *

—오늘의 영재를 소개합니다!

MC의 멘트로 화면이 전환되며 신수지의 어머니에게도 익숙한 초등학교가 TV에 나왔다.

"어? 저긴 우리 수지가 다니는 학굔데."

자식 교육에 대한 남다른 열의는 신수지 어머니를 영재 탐험단 애청자로 만들었다.

―이번에 만나볼 아이는 언어를 다루는 데 천부적인 재능을 가졌다고 알려져 있는데요. 벌써 공모전만 십수 회 수상에 본인 이름으로 된 책까지 출간했다고 합니다.

마침 방문을 열고 신수지가 걸어 나왔다.

"숙제 다 했어! 나 이제 놀아도 되지?"

알았다며 고개를 끄덕인 신수지의 어머니가 아이를 끌어다 옆에 앉혔다.

"저기, 너희 학교 아니니?"

"어, 진짜 우리 학교다! TV에 나오네."

신수지도 놀란 듯 방송에 집중했다.

'그때 그 촬영이 영재 탐험단이었어?'

얼마 전 집으로 돌아온 신수지가 말해준 기억이 불현듯 떠올랐다.

"엄마! 오늘 학교에 카메라 왔다!"

그때는 별 대수롭지 않게 여겼다. 교육 문제에 관한 촬영이나 뉴스에서 반 풍경을 담아갔겠거니 생각했다.

영재 탐험단 촬영일 줄은 꿈에도 몰랐다.

화면은 교실에서 조용히 앉아 펜을 움직이고 있는 한 아이를 클로즈업했다.

얼굴이 유독 눈에 익었다.

'수지 생일 때 왔던 친구인가.'

가물거리는 기억을 더듬고 있을 때 신수지가 신이 난 듯 손가락으로 화면을 가리켰다.

"어! 우민이다! 우민이 방송 나온다!"

얼굴을 비추던 카메라가 책상 위쪽으로 이동했다.

"우민이라면… 연금 매장 맞은편 지하에 산다는 그 우민이?"

신수지가 아직도 서운함이 남아 있는지 새초롬하게 중얼거렸다.

"엄마 때문에 집에 갔잖아."

신수지 어머니의 놀란 입이 다물어지기도 전에, 화면 하단에 우민의 약력이 자막으로 나타났다.

―'달동네 아이들' 출간.

―'달동네 아이들' 드라마 작가.

―서울시 교육청 봄맞이 글쓰기 대회 대상.

―헌법 사랑 글짓기 금상.

─아빠 금연하세요 대상.

─국군 장병 위문편지 금상.

"……."

보면서도 믿기지가 않았다. 국내에서 개최된 공모전을 싹쓸이라도 한 건지 대회 수상 약력이 끝없이 올라왔다.

"수, 수지야. 저기 TV에 나오는 친구가 저, 정말 그때 그 친구가 맞니?"

"맞아. 우민이 짱이지? 우리 반 애들도 다 우민이 좋아해."

신수지의 어머니는 그 뒤로도 넋을 놓고 영재 탐험단을 시청했다.

*   *   *

김혜은 소속사 YH엔터 홍보팀.

그들은 불타는 금요일을 즐기지 못하고 사무실에 노트북을 켜놓은 채 대기하고 있었다. 영재 탐험단 방송에서 우민의 이야기가 막 끝나가고 있는 시점이었다.

이미 N포털의 실시간 검색어 순위는 우민에 관한 이야기로 도배되다시피 하고 있었다.

실시간 검색어 순위

1. 이우민

2. 이우민 달동네 아이들

3. 달동네 아이들

4. 이우민 글쓰기

매서운 눈초리로 실시간 검색어를 확인하던 YH엔터 홍보팀 인원들 중 팀장으로 보이는 인원이 주의를 환기시키기 위해 박수를 쳤다.

"자, 떴다! 언론에 기사 배포하자."

팀장의 지시에 따라 팀원들이 일사불란하게 움직였다.

"달동네 아이들 드라마에 김혜은 씨 출연 관련 보도 자료 전송했습니다."

"저희 YH엔터에서 제작에 참여한다는 보도 자료 전송했습니다."

"우민 군이 출판한 '달동네 아이들' 소설에 관한 보도 자료 전송했습니다."

팀원들이 기사를 보내고 나서 10초도 지나지 않았을 시점, 이우민으로 검색하자 언론사에 보낸 기사들이 속속 검색되기 시작했다.

"SNS에 홍보 글 올리겠습니다."

수십만의 팔로워를 지닌 YH엔터 공식 SNS 페이지에도 홍보 관련 자료가 올라왔다.

인터넷 세상이 온통 우민에 관한 이야기로 떠들썩해졌다.

＊　　　　＊　　　　＊

전화를 끊은 손석민이 분을 삭이지 못하고 머리를 쥐어뜯었다.

"처먹인 술이 몇 병인데 이제 와서 책을 못 깔아주겠다니! 도대체 어떤 놈이 중간에 방해를 하는 거야."

지금까지 좋은 관계를 유지해 왔다. 최준철의 인기에 자신의 영업력이 합쳐져 3대 출판사에는 미치지 못하지만 독자적인 영역을 구축해 가는 와중이었다.

여기에 '이우민'이라는 걸출한 기대주를 하나 추가하려 했건만 마음처럼 되질 않았다.

"점장들이 곤란해하는 거 보면 최소한 3대 출판사급 이상인데… 벌써 견제를 당하고 있는 건가……."

아직 규모 면에서 업계 10위권 밖에 있다. 매출 200억을 상회하는 3대 출판사에 비해서는 미약한 수준이다.

아무리 생각해 봐도 답을 찾기 힘들었다.

"이러면… 이북 판매 쪽으로 눈을 돌려야 하나."

머리를 쥐어짜며 고민하던 손석민이 인터넷을 켜보았다.

"응? 왜 우리 회사 이름이 여기에… 있지."

실시간 검색어 순위

1. 이우민

2. 이우민 달동네 아이들

3. 달동네 아이들

4. YH엔터

…

9. 와이북스

손석민은 두 눈을 비비고 다시 한번 모니터를 바라보았다.

와이북스.

분명 자신이 잘못 본 게 아니었다. 게다가 상위권을 차지하고 있는 이름을 보니 최준철이 해주었던 이야기가 떠올랐다.

"오늘이 벌써 금요일이었나."

영재 탐험단이 방송되는 날이었다.

역시나 공중파.

그 이름은 위대했다.

"하긴 4천만 명의 7%면……."

손석민은 계산이 되지 않는지 뒷말을 얼버무렸다.

"어쨌든 많다는 거잖아. 이거, 자기 계발서는 소설 반응 보고 출간하려 했는데… 바로 초판 인쇄 들어가야겠어."

결심을 굳힌 듯한 손석민이 어디론가 바쁘게 전화를 걸었다.

*　　　*　　　*

며칠 뒤.

우민은 출판사 소파에 앉아 거대한 탑처럼 쌓여 있는 선물 꾸러미를 마주해야 했다.

손석민이 함박웃음을 지으며 택배 상자를 살폈다.

"이건… 우민이 거."

"이것도… 우민이 거."

"저거… 도 우민이 거."

눈앞에 쌓여 있는 택배 더미를 우민이 쪽으로 슬쩍 밀었다.

"이게 다, 우리 우민 군 앞으로 배달된 팬들의 선물이다."

택배 상자가 우민의 키만큼 쌓여 있었다. 그 속에는 군것질거리에서부터 티셔츠, 만년필, 로봇 등등 다양한 종류의 물건들이 들어가 있었다.

"다 제 거라고요?"

"더 중요하게 할 말이 있다."

뜸을 들이는 손석민 때문에 우민이 긴장한 듯 침을 꿀꺽 삼켰다. 함께 도착한 박은영은 기특하다는 듯 연신 우민의 머리를 쓰다듬었다.

"……."

"초판 2,000부를 인쇄했지."

"그런데요?"

"3,000부 증쇄하기로 했다!"

손석민이 이뻐 죽겠다는 듯 우민의 볼에 얼굴을 비볐다.

'삼천 부면 권당 900원 정도가 내 몫으로 떨어지니까……'

우민이 자리에서 벌떡 일어났다.

"이백칠십만 원?"

"아유, 이 복덩어리. 이 정도 추세라면 십만 부 이상이 팔릴지도 몰라. 기대해도 좋다."

십만 부면 구천만 원가량의 돈이다. 우민은 생각도 해본 적 없는 액수. 이번에는 박은영이 놀라며 벌떡 자리에서 일어났다.

"그, 그럼 구천만 원……."

"하하, 네. 어머님, 이제 곧 좋은 집으로 이사 가실 일만 남았습니다."

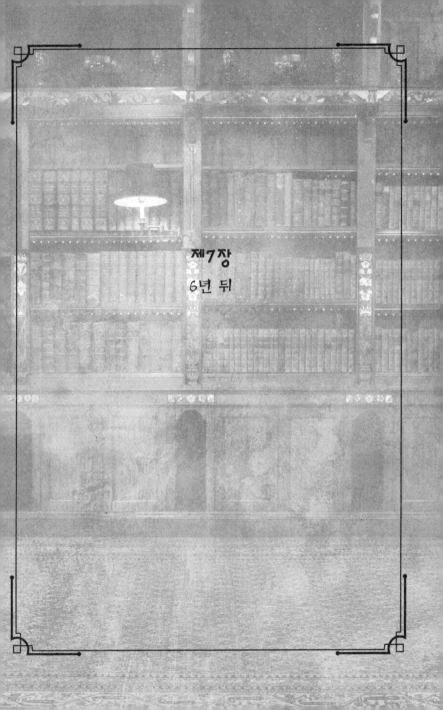

제7장
6년 뒤

6년 뒤, 14살.

소설이 밀어주고 드라마가 당겨주며 우민은 3억 언저리의 돈을 벌었다. 그 돈으로 반지하 월세방을 떠나 전세로 근처의 신식 아파트를 계약했다.

그뿐만이 아니었다.

박은영은 남아 있는 돈 약간으로 집 근처에 작은 커피숍을 열었다.

타고난 미모에 싹싹함이 더해져 커피숍은 동네에서 안정적인 매출을 올리며 완벽하게 자리 잡았다.

가끔 커피숍에 놀러와 글을 쓰다 가는 우민을 보기 위해 동네 여자아이들이 항상 '진'을 치고 있는 것이 매출에 상당한 도움이 되고 있다는 건 박은영만이 알고 있는 비밀이었다.

다행히 고은석의 도움으로 사채 빚까지 깔끔하게 해결되었다.

그야말로 더할 나위 없이 좋은 상황.

우민은 더 이상 밤늦게까지 어머니의 퇴근을 기다리지 않아도 된다는 사실만으로도 감사했다.

우민 개인에게도 많은 일이 있었다.

'날 따라 해봐요. 이렇게!' 글쓰기 편에 이어 독해 편을 출시했고, '달동네 아이들'을 6권에서 완결 지었다.

드라마는 시즌 3까지 제작되어 대중들의 사랑을 독차지했다. 출연했던 아역 배우들 대부분이 방송계에서 앞으로가 기대되는 하이틴 스타 반열에 올라섰으며, 극의 중심을 차지했던 김혜은은 '국민 선생님'이라는 위명을 얻었다.

덕분에 자신에게 쏠려 있던 대중들의 관심이 빠르게 연예인들에게로 이동했지만 우민은 크게 개의치 않았다.

그리고 오늘, 초등학교 졸업식.

우민은 집 앞 현관에서 운동화 끈을 질끈 동여맸다.

"엄마, 졸업식 늦겠어."

"알았어. 아들!"

한껏 꾸민 박은영이 모습을 드러냈다. 올해로 46살의 나이가 믿기지 않을 정도의 외모였다.

입고 있는 옷이나 들고 있는 가방은 어디서나 흔히 볼 수 있을 만큼 평범했지만 박은영이 들고 있으니 마치 명품처럼 보였다.

"엄마도 꾸미니까 예쁘다."

박은영이 길게 기른 생머리를 새초롬하게 뒤로 넘겼다.

"이제 알았니?"

우민이 그런 박은영의 손을 꼭 잡았다.

"당연히 엄마 배 속에 있을 때부터 알았지!"

박은영이 기분 좋은 웃음을 터뜨렸다.

"호호, 엄마도 준비 다 했으니까 가자."

집을 나서자 도어록이 '삐빅' 소리를 내며 잠겼다. 문 앞에는 이미 집 안에 달려 있는 월 패드를 통해 요청한 엘리베이터가 도착해 있었다.

엘리베이터에 탄 박은영이 우민에게 팔짱을 끼며 말했다.

"역시 새집이 좋긴 좋아, 그렇지?"

우민은 즐거워하는 박은영을 마주 보며 조용히 웃을 뿐이었다.

　　　　*　　　　　*　　　　　*

초등학교 운동장.

김혜은이 멀리서부터 소리치며 손을 흔들었다.

"우민아!"

옆에는 오늘도 함께 온 늦둥이 딸 유민아가 보였다. 박은영이 먼저 김혜은에게 다가갔다.

"언니, 왔어요? 우리 며느리도 같이 왔네."

유민아가 배시시 웃으며 김혜은의 몸 뒤로 몸을 숨겼다.

16살.

한창 예민할 나이에 거부 반응을 보일 법도 하건만 오히려 좋아하는 기색이 역력했다.

"안녕하세요, 어머님."

유민아가 꾸벅 고개를 숙였다. 김혜은의 미모를 이어받았는지 마치 인형이 인사를 하는 것 같았다.

인형 같은 외모로 '달동네 아이들'에서도 삼촌 팬들의 사랑을 받으며 김혜은과 함께 드라마 인기를 이끄는 쌍두마차 역할을 했다.

하지만 이런 둘의 외모도 우민이 옆에서는 빛을 바랬다.

"민아 누나도 같이 왔네."

14살이 된 우민의 키는 160㎝를 훌쩍 넘어 있었다. 여심을 녹이는 치명적인 귀여움은 여심을 사로잡는 치명적인 매력으로 성장했다.

매력에 마음을 뺏긴 유민아의 볼이 발갛게 달아올랐다.

"으, 응. 나도 왔어."

김혜은이 그런 유민아가 신기하다는 듯 바라보았다.

"민아, 너는 어쩜 우민이 앞에서만 이렇게 요조숙녀가 되니."

"어, 엄마는 참, 내가 언제 그랬다고."

그렇게 시작된 모녀의 수다에 박은영이 참전함으로써 또다시 기약 없는 시간이 시작되었다.

한두 번 겪는 일이 아니라는 듯 우민이 짧게 한숨을 내쉬며 말했다.

"엄마, 나 선생님께 인사드리고 올게."

이야기는 이제 서로에 대한 칭찬으로 이어지고 있었다. 나이가 느껴지지 않는다는 둥, 피부에서 광채가 난다는 둥의 이야기였다.

"아 참, 내 정신 좀 봐. 언니, 우민이 담임 선생님께 인사드리고 올게요. 나머지 얘기는 갔다 와서 해."

"어서 갔다 와. 우리 우민이 졸업 기념으로 언니가 거하게 쏠 테니까."

　　　　*　　　　*　　　　*

　벌써 6년이 지났다.

　남일원은 의자에 앉아 창밖에서 사진을 찍고 있는 아이들을 보며 새삼 총알같이 지나가는 세월의 무상함을 느끼는 중이었다.

　동글동글한 꼬마 아이가 글을 쓴다는 것에 놀랐던 것이 엊그제 같은데 어느새 훌쩍 커버렸다.

　"우민이 왔구나."

　"교무실에 안 계시기에 혹시나 해서 와봤는데 '역시나'네요."

　"하하, 이런 날은 조용히 사라져야 구설수에 휘말리지 않아. 선생님의 노하우란다."

　남일원이 있는 곳은 교내 도서 열람실. 졸업식임에도 교무실에 있지 않고 이곳에 있는 이유는 선물을 들고 찾아오는 학부모들을 피하기 위함이었다.

　"선생님다우신 말씀이네요. 그래서인지 졸업해야 한다는 게 더 아쉬워요."

　무거워지는 분위기를 환기시키기 위함인지 남일원이 다른 이야기를 꺼냈다.

　"요새 손목은 어때? 병원은 꾸준히 가고 있는 거지?"

　우민의 뒤에 있던 박은영이 대신 대답했다.

"14살인데 건초염에 척추측만증 초기 증상, 안구건조증까지 제가 얼마나 속상한지 몰라요. 선생님께서 혼 좀 내주세요."

"하하, 우민이 고집이야 누구도 꺾지 못한다는 거 어머님이 더 잘 아시지 않습니까."

"그래도 그렇지, 몸도 성치 않은 녀석이 매일 책 속에 파묻혀 있으니……."

박은영의 푸념에 남일원도 우려스러운 눈길로 우민을 바라보았다.

"우민아, 세상에서 건강보다 중요한 건 없다. 똑똑하니까 선생님 말씀 잘 알지?"

남일원의 진심 어린 걱정에 우민이 주머니에서 봉투를 하나 꺼내 들었다.

"그래서 요즘에는 읽지도 보지도 않고 있어요. 쓰는 것도 힘들어서… 길게 쓰지는 못했어요."

남일원이 받아 든 봉투 속에는 곱게 접힌 편지지가 한 장 들어 있었다.

편지라 생각했으나 적혀 있는 건 형식에 얽매이지 않은 '자유 시'였다.

달뜬 밤.

들뜬 기색의 선생이 아이에게 물었다.

달뜬 눈을 한 아이가 선생에게 답했다.

…….

우민이 쓴 시를 음미하니 머릿속으로 지난 6년간 우민이와 함께한 시간들이 떠오르며 가슴이 벅차올랐다.

"첫 만남을 생각나게 하는구나."

잘 가르쳐 보려 고민하던 나날들, 도움이 될 수 있다는 생각에 가슴이 두근거렸던 시간이 주마등처럼 스쳐 지나갔다.

구름에 가려 있던 달이

아이의 밤을 비췄다.

매일이 달뜬 밤이 되었다.

단어 하나하나가 남일원의 눈을 시리게 만들었다. 입을 꽉 다물어도 씰룩거리는 볼이 멈춰지질 않았다.

가슴속에서 벅차오르는 감동이 온몸을 훑고 지나갔다. 조금만 건드려도 툭 터져 버릴 것 같은 눈물을 겨우 막고 있었다.

"선생님, 지금까지 가르쳐 주셔서… 사랑합니다."

마지막 말은 지금껏 자신이 담임을 맡은 반에서 사용하는 인사말. 매일 들었던 말이지만 지금 이 순간만큼은 특별하게 다가왔다.

　　더 이상 막을 수 없음을 직감했다.

　　"그래, 나도 우민이와 함께할 수 있어서……."

　　남일원이 말을 잇지 못하고 고개를 돌렸다. 우민의 두 눈에서도 투명한 물방울이 흘러내리고 있었다. 박은영은 조용히 그 둘을 지켜보았다.

　　남일원과의 짧은 이별을 뒤로하고 우민은 김혜은이 타고 온 밴에 올랐다.

　　차에 올라타자마자 기다리고 있었다는 듯 김혜은의 매니저가 물었다.

　　"우민이 왔어? 혹시나 해서 물어보는 건데 여전히 같은 생각이지?"

　　우민이 고개를 끄덕이기도 전에 김혜은이 답했다.

　　"소속사 구해야 되면 누나한테 가장 먼저 말해줘. 안 그러면 섭섭해서 삐쳐 버릴 거야."

　　김혜은의 아양에 유민아가 눈살을 찌푸렸다. 그러더니 질투라도 하는지 우민이 앞을 막아서며 말했다.

　　"아무리 엄마라도 우민이 괴롭히지 마!"

자신이 뭐라고 답하기도 전에 상황이 정리되었다. 이들 모녀를 만나면 항상 이런 식이었다.

"언니도 참, 우리 우민이가 한 입으로 두말할 사내인가요."

"하긴 요 귀염둥이 칼 같은 거야 내가 잘 알지."

김혜은이 복잡 미묘한 표정으로 우민을 바라보았다. 달동네 드라마가 진행되며 우민의 몸에도 무리가 왔다.

아직 성장도 끝나지 않은 어린이의 몸으로 매주 두 편의 대본을 써내는 건 상상 이상의 극한 노동이었다.

겪어본 적 없는 노동에 우민의 몸에 이상이 왔고, 그때마다 우민은 불굴의 의지로 이겨냈다.

손목을 과다하게 사용해 건초염이 왔고, 의자에 오랫동안 앉아 있어 척추측만증이 생겼다.

하루 종일 모니터를 보다 보니 찾아온 안구건조증까지 우민을 괴롭혔고, 드라마가 종영할 때쯤은 종합병원 수준이었다.

박은영은 단호한 표정으로 강조했다.

"다시 한번 강조하는데 당분간 책! 펜! 키보드! 모니터! 사용 금지야."

유민아가 틈을 놓치지 않고 끼어들었다.

"그럼 나랑 놀자! 맨날 책 봐야 한다고 시간 없다 그랬잖아."

박은영이 이때다 싶어 맞장구쳤다.

"그래, 그러면 되겠네. 우리 민아랑 놀면 되겠다."

박은영의 지원사격에 유민아가 활짝 웃어 보였다

"헤헤."

알았다며 고개를 끄덕인 우민이 창밖을 바라보았다. 6년간 몸담았던 초등학교가 서서히 멀어지고 있었다.

남일원 선생님과도 멀어지고 있었다.

김혜은이 우민을 데려간 곳은 유명 소고기 식당.

150g에 10만 원이 넘는 가격에 박은영의 눈이 휘둥그레졌다.

"언니, 여기는 너무……."

"괜찮다니까. 내가 한 번 사려 그랬어. 우민이 덕분에 국민 선생님이라는 이름까지 얻었는데 이 정도는 해야지."

남편이 없다는 공통점.

나이에 어울리지 않은 외모를 가지고 있다는 점.

외동딸, 외동아들을 가지고 있다는 점들이 김혜은과 박은영을 끈끈하게 묶어주었다.

우민을 통해 이어지긴 했지만 어느새 둘은 친자매처럼 서로를 위했다.

드르륵.

문이 열리고 가게의 주방장으로 보이는 남자가 방으로 들어왔다.

"단골손님 특별 서비스입니다."

남자의 두 손에는 한눈에 보기에도 먹음직스러운 빛깔이 흐르는 육회가 들려 있었다.

우민의 배가 **빵빵**하게 불러올 때쯤 김혜은이 넌지시 물었다.

"우민이 요새는 '시' 쓰고 있다며?"

"네. 키보드를 칠 수가 없어서 그냥 시간 날 때마다 녹음하고 있어요."

김혜은 슬쩍 박은영의 눈치를 한번 본 뒤에 다시 물었다.

"서점에서 팔리지도 않는 시집을 낼 생각은 아닌 것 같고……."

박은영이 고기를 집고 있던 젓가락을 내려놓고 소리쳤다.

"언니!"

"얘는, 나 아무 말도 안 했다."

이제는 우민을 향해 고개를 돌리고 한마디 하려던 박은영이 깊게 심호흡을 하며 말을 삼켰다.

박은영은 혹여 돈 때문에 삶이 매몰될까 걱정되었다.

아버지 이철기도 무리한 사업 확장으로 하늘나라에 갔다. 모두 돈 때문이었다.

하지만 우민의 생각은 다른 듯 천천히 입을 열었다.

"엄마, 꼭 그런 것 때문만은 아니니까 너무 걱정하지 마세요."

겨우 14살이지만 점점 품에서 떠나려는 아이.

박은영은 젓가락을 다시 들고 고기를 먹는 걸로 대답을 대신했다.

"누나 말이 맞아요. 작사도 한번 해보고 있어요."

"작사?"

"시와 비슷한 점이 많아요. 랩은 라임을 맞추고, 시는 운율을 맞춰요. 같은 말을 반복하는 후크 송도 이미 시에서는 예전부터 많이 쓰였던 기법이니까요."

밥을 먹고 있던 유민아가 갑자기 손을 들었다.

"나! 나 할래! 나 줘!"

우민이 난감하다는 듯 코끝을 긁적였다.

"민아 누나, 이건 그냥 작사만 한 거라……."

김혜은이 살짝 눈을 치켜뜨며 유민아에게 핀잔을 주었다.

"배우가 가사는 받아서 뭐 하려고?"

"흥! 배우는 다재다능해야 한다고 노래 선생님 붙인 건 엄마거든!"

삐질.

김혜은의 이마에서 식은땀 한 방울이 흘러내렸다. 곤란해 보이는 김혜은을 대신해 이번에는 박은영이 나섰다.

"민아에게 하나 주자. 우민이한테는 어려운 일도 아니잖아."

김혜은이 좋은 생각이 났는지 손바닥을 마주쳤다.

"그래, 내가 우리 회사 작곡가도 붙여줄게."

박은영의 말대로 그리 어려운 일도 아니었다. 우민이 고기한 점을 집어 우물거렸다

"그럴게요. 따로 작업해서 민아 누나한테 보낼게요."

유민아는 하얀 보조개가 쏙 들어가도록 환하게 웃어 보였다.

*　　　　*　　　　*

우민은 영재 학교에는 가지 않았다. 과학 기술 분야에 관련된 학교가 대부분이라, 문화 예술에 관련된 영재 학교는 손에 꼽을 정도였다. 그마저도 집과는 거리가 너무 멀었다.

이미 고은석을 통해 언질을 들을 탓도 있었다.

"놔두면 알아서 클 아이입니다. 시간이 흐르면 어머님의 품을 떠날 테니 어린 시절만이라도 곁에 두고 계십시오."

그렇게 일반 중학교에 입학한 우민은 박은영의 '보는 것, 쓰

는 것 금지령'에 멍하니 있는 시간이 많았다.

창가 쪽 가장 가까운 자리에 앉아 그저 먼 곳을 응시하고 있는 것이 학교 일과의 대부분을 차지했다.

하지만 우민의 머릿속은 그 어느 때보다 무한한 자유를 누리고 있는 중이었다.

'민아 누나는 아직 오동통하게 올라와 있는 젖살이 매력이니까… 제목은 '볼 빨간 누나'로 할까.'

창밖 하늘에는 뭉게구름이 떠다녔다.

'처음 만났을 때가 벌써 5년 전인가.'

자신보다 두 살이나 많은 누나가 '안녕'이라며 수줍게 인사했다.

그때의 기억을 떠올리자 첫마디가 만들어졌다.

'안녕, 수줍게 인사하는 널 봤어.'

확실히 아역 배우라 그런지 평소 보던 아이들과 확연히 외모가 달랐다.

자신과 어머니 박은영을 제외하고 그다음 정도?

'빨간 홍조 띤 볼에.'

'달동네 아이들' 촬영할 때의 기억을 되돌려 보면 다른 아이들에게 한두 번 눈길을 줄 때 '민아 누나'는 두세 번 정도 쳐다보았던 것 같다.

'어쩐지 눈이 가더라.'

그렇게 창밖을 보며 노랫말을 만들던 우민이 어깨에서 느껴지는 감촉에 고개를 돌렸다.

교탁에 있는 선생님에서부터 같은 반 아이들이 모두 자신을 쳐다보고 있었다.

옆에 있던 짝이 조용히 중얼거렸다.

"우, 우민아, 지금은 수업 시간이야."

"나도 알고 있는데… 왜?"

"수업 시간에 노래를 부르면 어떡해."

짝꿍의 말이 끝나기도 전에 교탁에 있던 선생님이 우민을 향해 말했다.

"이우민, 수업 시간에 집중은 안 하고 노래를 부르다니. 수업 태도가 엉망이구나."

수업에 집중하지 않고 다른 생각을 하며 노래를 부른 것은 사실. 우민은 바로 고개를 숙였다.

"죄송합니다, 선생님."

"벌써 다 아는 내용이라 들을 필요 없다, 이거야? 도대체 집에서 교육을 어떻게 받은 건지. 쯧쯧."

비꼬는 듯한 말투에 우민의 이마에 힘줄이 돋아났다. 칠판을 슬쩍 보니 '김억 선생님의 연분홍'이라는 '시'가 적혀 있다.

"다 알지는 못하지만 안서 김억 선생님의 연분홍에 대해서는 알고 있습니다."

우민의 대꾸에 교탁에 있던 선생님이 우민을 노려보았다. 그렇지 않아도 교감 선생님께 이미 언질을 받았다.

글쓰기에 소질이 있는 아이니 잘 지켜봐 달라.

하지만 수업 태도가 엉망이었다. 마치 자신을 무시하기라도 하듯 수업 시간 내내 창밖을 보며 딴생각에 잠겨 있었다.

"그래? 그럼 어디 한번 말해봐 봐."

선생과 제자 사이의 갈등으로 교실 한가득 긴장감이 가득 찼다.

팽팽하게 당겨진 공기를 깨뜨리며 우민이 입을 열었다.

"100장이 넘는 원고지를 사용해 표현하는 소설과 달리 시는 A4 한 장도 되지 않는 양으로 작가의 내면을 표현하는 문학입니다. 그렇기에 '시'를 읽기 위해서는 먼저 그 시대의 시대상, 작가가 처한 환경 등을 이해하는 작업이 필요합니다."

연분홍에 대해 해설집에 쓰여 있는 시의 형식이나 특징에 대해 말할 줄 알았다.

어디서 정답지나 보고 와서는 떠들어대는 거냐. 알량한 지식 몇 개 더 외운다고 다가 아니야!

이렇게 호통을 치고, 앞으로 수업에 집중하라는 말로 이 '사달'을 끝내려 했다.

하지만 그러기에는 너무 늦어버렸다.

잠시 뜸을 들인 우민이 말을 이었다.

"안서 김억, 1896년 출생, 평안북도 곽산 출신으로 인근 정주군의 오산학교에 입학해 공부했고, 일본에 유학하여 창작 활동을 시작합니다."

우민의 입에서 사회적 배경에서부터 김억에 대한 각종 '사료'들이 줄줄이 흘러나오기 시작했다.

듣고 있는 선생도 몰랐던 내용이 수두룩했다.

설마 이렇게 아이들 앞에서 망신이나 당하고 끝나는 것인가? 불안감이 엄습했다.

초조하게 우민을 바라보던 선생의 표정이 일순 얼떨떨하게 변했다.

"이런 김억의 가장 큰 업적 중 하나는 바로 김소월이라는 당대의 시인을 등단시켰다는 점입니다."

응?

뜬금없이 이게 무슨 말이란 말인가. 교실의 누구도 우민의 의도를 파악하지 못한 채 어리둥절한 표정으로 우민을 바라보았다.

김억.

그 두 글자를 보는 순간 우민의 머리는 빠르게 회전했다. 자신이 알고 있는 지식을 앵무새처럼 반복하는 건 '상황'을 더욱 악화시킬 뿐이다.

다른 학생들 앞에서 선생님을 이겨먹어서 좋은 점이 있을까?

없다.

우민은 약간의 사실에 조미료를 첨가했다.

"개구쟁이였던 김소월을 잘 가르쳐 문단에 소개시킨 분이 바로 김억이라는 시인입니다. 저의 잘못된 점을 바른 길로 인도해 주시려는 선생님의 모습에서 '김억 시인'이 보였습니다."

말을 하던 우민이 다시 한번 꾸벅 고개를 숙였다.

"앞으로는 이런 일 없도록 하겠습니다. 그럼 '시인 김억'에 대한 배경에 대해 설명했으니 이제 '연분홍'에 대해 말씀드리겠습니다."

우민이 막 입을 열려는 찰나, '딩동댕동'하는 소리가 스피커를 통해 들려왔다.

듣고 있던 선생님이 기다렸다는 듯 서둘러 수업을 마쳤다.

"연분홍에 대해서는 다음 시간에 듣기로 하고. 자, 반장. 인사."

우민도 뒷말을 붙이지 않고 조용히 제자리에 앉았다.

*   *   *

쉬는 시간이 되자 우민의 짝이 익숙한 듯 자리에서 일어났다. 그런 짝꿍을 우민이 막았다.

"그, 그러지 않아도 돼."

"아, 아냐."

슬그머니 일어난 짝이 다른 곳으로 이동했다. 마치 그러기를 기다렸다는 듯이 뒷문이 벌컥 열리며 유민아가 교실로 들어왔다.

"우민아!"

우민은 머리가 아픈지 관자놀이를 꾹꾹 눌렀다.

중학교에 입학하여 학기 초반 상황은 초등학교 시절과 비슷했다. 여자아이들이 주변으로 몰려들었다.

또다시 피곤한 상황이 연출되려는 찰나, 뜻밖의 인물이 나타났다.

"나 왔어! 헤헤."

달동네 아이들로 스타덤에 오른 유민아가 전학을 왔다며 나타났다. 태양이 나타나자 작은 별들은 슬그머니 자취를 감추었다.

"노래 구상하고 있었어?"

"어. 그런데 친구들이 불편해하니까. 일단 나갈까."

유민아는 겨우 10분의 쉬는 시간이었지만, 그때마다 1학년 교실로 우민을 찾아왔다.

혹여 반 친구들이 불편해할까, 그런 유민아를 데리고 우민은 매번 교실을 나섰다.

*   *   *

매점 앞 벤치에 앉은 유민아가 물었다.

"'달동네 아이들' 단톡방에는 왜 안 들어와? 애들이 너는 왜 없냐고 자꾸 나한테 물어봐."

"별로 할 말도 없는데, 자꾸 알람 울리면 신경 쓰이잖아. 핸드폰도 압수당했고."

"네가 자꾸 이러니까 어머님이 친구 없다고 걱정하시잖아. 아니면 내가 핸드폰 하나 사줄까?"

"크, 크흠……."

우민이 먹고 있던 딸기 우유에 체했는지 기침을 해댔다. 맹한 것 같지만 가끔 이렇게 사람을 당황시킨다.

유민아가 주머니에서 손수건을 꺼내 흘러내리는 우유를 닦아냈다.

"아이 참. 교복 더러워지잖아."

당혹스러움을 감추기 위해 우민은 빠르게 말을 돌렸다.

"누나 노래 만들었어. 아직 완성된 건 아니지만 한번 들어볼래?"

그제야 우민의 입에서부터 가슴까지 닦아내던 유민아가 행동을 멈추었다.

"정말? 지금 들려줄 수 있어?"

"그냥 가볍게 만들었어. 누나 처음 만났을 때 생각하면서."

"나… 나, 생각하면서?"

"누나한테 주는 노래니까. 누나 생각하면서 만들어야지."

당연하다는 듯 말하는 우민의 태도에 유민아의 볼이 순식간에 발갛게 달아올랐다.

"그, 그렇구나."

복숭아를 연상시키는 모습에 우민이 가볍게 웃으며 말했다.

"어, 또 빨개졌다. 그래서 제목도 '볼 빨간 누나'야."

펑.

이번에는 유민아의 얼굴 전체가 터질 것처럼 붉어졌다. 우민은 먹고 있던 딸기 우유를 마저 털어 넣고 살짝 눈을 감았다.

안녕, 수줍게 인사하는 널 봤어.
빨간 홍조 띤 볼에 어쩐지 눈이 가더라.

겨우 첫마디를 시작했을 뿐인데 유민아는 넋을 놓고 우민을 바라보았다.

완전히 마음을 빼앗긴 듯 쉬는 시간이 끝났음을 알리는 종소리도 듣지 못한 채 움직일 줄을 몰랐다.

*　　　　*　　　　*

집으로 돌아와서도 유민아는 다른 것에 집중하지 못했다. 머릿속에서 우민이 내레이션하듯 나직이 읊조리던 말들이 빙글빙글 돌며 떠돌아다녔다.

'나, 어떡하지… 더 좋아진 것 같아.'

멍하니 소파에 앉아 있는 유민아를 보며 김혜은이 잔소리를 시작했다.

"학교에서 돌아왔으면 바로 교복 갈아입고 손발부터 씻어야지 뭐 하고 있는 거야."

바로 어제 같았으면 잔소리하지 말라며 달려들었을 터였다. 평소와 다른 듯한 반응에 김혜은이 유민아의 이마에 손을 짚었다.

"뭐야, 너 어디 아파? 얼굴에 왜 이렇게 열이 올랐어."

"엄마……."

약간은 힘없는 말투에 김혜은의 얼굴이 금세 걱정스럽게 변했다.

"학원 좀 줄일까? 왜, 뭔데?"

"아무래도 나 오늘 우민이한테 사랑의 세레나데를 들은 것 같아."

"…응?"

"맞아. 그게 분명해!"

유민아가 벌떡 소파에서 일어나 김혜은의 두 팔을 잡았다. 자신도 모르게 세게 잡았는지 김혜은이 버럭 소리쳤다.

"이년아, 아파."

"회사에서 작곡가 붙여줄 수 있다고 그랬지?"

"얘가 지금 비싼 밥 먹고 무슨 흰소리를 자꾸 하는 거야."

"작곡가 붙어서 정식 음반으로 내는 거야. 이런 건 널리 알려야지."

김혜은이 포기했다는 듯 고개를 절레절레 저었다. 그러거나 말거나 유민아는 꿈속에 빠진 소녀처럼 두 손을 맞잡고는 기도하듯 중얼거렸다.

"좋아하는 여자를 위해 만든 노래라니. 너무 낭만적이다……."

"너를 누가 말리겠니."

김혜은이 자리를 벗어나고 한참의 시간이 지나도록 유민아는 그 자리에서 움직일 줄을 몰랐다.

*　　　　*　　　　*

도서관.

우민이 학교가 끝나면 매일 가는 곳이었다. 보고, 쓰는 것을 금지당했기에 열람실에는 가지 못했다.

바로 고은석이 있는 도서관장실로 직행했다. 우민이 닫혀 있는 문을 열며 소리쳤다.

"할아버지, 저 왔어요."

"우리 우민이 왔구나."

인자한 목소리에 우민은 절로 미소 지었다. 문을 열고 안으로 들어간 우민의 눈에 처음 보는 할아버지가 보였다.

"어……."

"인사드리거라. 최성민 시인이시다."

최성민.

시를 읽지 않는 사람들은 모른다. 흔히 아는 사람만 안다는 당대의 시인이었다.

미당, 만해, 백석 문학상 등을 섭렵하고 대한민국 주류 문학인의 길을 걷고 있는 사람이었다. 고은석이 소설 분야에서 탁월한 업적을 이뤘다면, 최성민은 한국의 '시'를 한 단계 발전시켰다는 평을 받고 있었다.

고은석이 우민의 '시' 공부를 위해 특별히 초청한 사람이 바로 그였다.

우민이 두 손을 공손히 모으고 꾸벅 고개를 숙였다.

"안녕하세요. 이우민입니다."

"'시'에 대해서라면 나보다 더 나은 사람이라 불렀다."

"허허, 저 노인네가 늘그막에 키우고 있는 친구가 이렇게 어릴 줄이야."

잠시 우민을 지켜보던 최성민이 물었다.

"우민 군은 '시'가 뭐라고 생각하나?"

갑작스러운 질문에 오히려 고은석이 당황한 듯했다.

"부탁 들어주기 싫으면 싫다고 하면 되지, 뭘 그런 걸 물어보나."

우민은 빠르게 상황을 파악했다. 아마 '시'에 대해 자신에게 더 많은 것을 가르쳐 주기 위해 초빙한 선생님으로 보였다.

시.

시가 무엇일까? 우민은 이미 생각하고 있던 바를 담담히 말해 나갔다.

"소설을 쓰는 사람을 흔히 소설가라 불러요. 희곡을 쓰는 사람은 극작가, 산문 형태의 글을 쓰는 사람은 수필가. 그런데 오직 하나, '시'를 쓰는 사람은 '시인'이라 부르고 있어요."

다음에 이어진 우민의 말에 최성민의 자글자글한 주름이 한층 깊어졌다.

"제 생각에 '시'는 인간이, 인간이 되어가는 과정이에요."

두 눈까지 감고는 생각에 빠졌다. 잠시 동안 고심하던 최성민이 눈을 뜨며 말했다.

"자네, 왜 나를 불렀나?"

"무슨 말을 하는 게야. 자꾸 이렇게 헛소리할 건가."

"이미 가르칠 게 없는 아이에게 나보고 뭘 더 가르치란 말인지… 진심으로 궁금해서 물어보는 말일세."

최성민의 극찬에 기분이 좋아진 고은석이 호탕한 웃음을 터뜨렸다.

"하하, 우민아. 잘했다. 내 근래 이렇게 통쾌한 적은 또 처음이구나."

고은석의 웃음소리는 하늘 높은 줄 모르고 커져만 갔다.

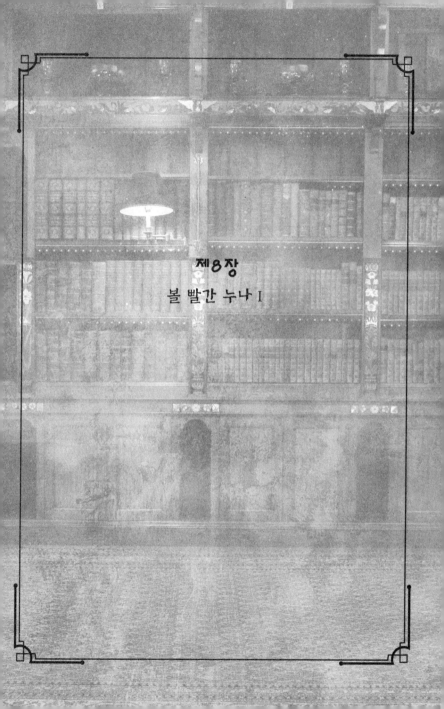

제8장

볼 빨간 누나 I

칭찬의 시간이 지나가고 도서관장실에는 훈풍이 돌았다. 최성민이 다정한 목소리로 물었다.

"문심조룡도 읽어보았느냐?"

문심조룡.

중국 육조시대의 문학평론으로, 양나라 유협의 저서이다. 동양권에서는 최초의 문학평론서로 평가받는 책이었다.

"할아버지가 추천해 주셔서 예전에 읽어보았어요."

"거기에 이런 말이 나온다는 것도 기억하겠구나. 시자지야 지인정성(詩者持也持人情性)."

우민이 기다렸다는 듯 입을 열었다.

"시라는 것은 유지한다는 것으로, 곧 언어로서 인간의 본성을 뜻함이다."

최성민이 이번에도 한 방 먹었다는 듯 허탈하게 웃어 보였다.

"…하하, 아주 잘 알고 있구나. 자네 도대체 어떻게 가르친 건가?"

고은석이 우민을 바라보는 눈빛은 마치 친손자를 보는 듯했다. 얼굴 만면에 뿌듯함이 묻어나왔다.

"기본만 가르쳤네, 기본만. 하하."

연신 우민의 머리를 쓰다듬으며 자랑스러움을 감추지 못했다. 최성민이 천천히 말을 이었다.

"이처럼 동양에서의 시는 인간을 만드는 수단의 하나로 인격 수양이나 교화의 기법으로 사용되고는 했지."

고은석이 살짝 눈살을 찌푸렸다.

"자네 또 그 소린가?"

최성민은 고은석을 무시하다시피 하며 말했다.

"인간을 만드는 '시'는 '문학'의 여타 갈래들 중 가장 고차원적인 것이야."

"허 참, 서양에서는 단순히 운율을 지닌 창작물로 보았다는 말은 왜 빼는 건가?"

"소설보다는 '시'를 써보거라. 앞으로 이 할아버지가 잘 가르쳐 주마."

"어허, 어디서 감히 내 제자에게 추파야, 추파가!"

그걸 시작으로 두 할아버지는 치열한 논쟁을 펼쳤다. 고래 싸움에 우민은 아무 말도 하지 못하고 조용히 지켜보기만 했다.

왠지 나진주와 최준철이 생각났다.

'그러고 보니, 두 분은 어떻게 지내고 있을까.'

우민의 도움 덕분인지 결국 둘은 결혼까지 골인했다. 드라마가 종영하고, 소설이 6권에서 완결이 난 후에는 출판사 사장님인 손석민을 통해 가끔 소식을 듣는 것이 다였다.

'잘살았으면 좋겠는데.'

우민은 그 뒤로도 한동안 두 할아버지의 소모적인 논쟁을 들어야만 했다.

20여 분이 흘렀을까. 우민은 지루함에 저도 모르게 하품을 했다.

"후아암."

열을 내며 토론하던 두 할아버지가 우민의 하품 소리에 불현듯 정신이 든 듯 고개를 돌렸다.

둘 다 동시에 멋쩍은 웃음을 지었다.

"허허, 우민이 심심했구나."

"어린아이 앞에서 우리가 추태를 보였어."

최성민이 주의를 환기시키기 위함인지 우민에게 물었다.

"본질을 이야기했으니, 이제 어떻게 활용하고 있는지 한번
볼까?"

단박에 무슨 말인지 알아들은 우민이 잠시 생각에 잠겼다.
지금껏 써두었던 시들이 머릿속에서 날아다녔다.

고은석도 언제 그랬냐는 듯 상냥하게 말했다.

"할아버지는 개인적으로 '분홍 신'이 좋더구나."

분홍 신은 우민이 지은 시들 중 어머니를 생각하며 쓴 것이
었다.

고은석도 돌아가신 어머니가 생각났는지 우민이 작성한 시
를 들으며 눈시울을 붉혔었다.

"이번에 새로 써본 게 있는데 그걸로 낭송해 볼게요."

낭송이라는 말에 두 할아버지의 눈이 사르륵 감겼다. 글에
익숙한 할아버지들이다. 귀로 들어오는 언어를 이미지화하는
데 일반인들보다 탁월한 능력을 발휘했다.

그런 능력이 우민이 제목을 말하는 순간 바로 나타났다.

"제목, 볼 빨간 누나."

두근.

환갑을 지나 칠순을 바라보는 나이에 느껴지는 두근거림에

두 할아버지가 깊은 숨을 들이마셨다.

우민 역시 눈을 감고 있어 그런 변화는 눈치채지 못했다.

"안녕, 수줍게 인사하는 널 봤어."

살랑.

이번에는 어디선가 설렘을 가득 품은 봄바람이 불어오는 듯했다.

아직 젊은 시절의 감수성이 남아 있는지 두 할아버지가 따뜻한 미소를 지어 보였다.

우민이 작성한 '시'를 읽어나갈수록 두 할아버지의 표정이 시시각각 변했다.

두근거림, 안타까움, 화자에 대한 격려.

우민의 시에 완전히 몰입한 듯 보였다.

"한 발짝 다가가 좋다고 말할까."

우민이 낭송하는 '시'가 점점 끝으로 치달았다.

"용기 내보지만 멀어질까 두려워."

"아……."

안타까움에 두 할아버지가 동시에 탄식을 토했다.

"그 자리 멈춰 서 지켜만 보았네."

우민이 먼저 말을 멈추고 서서히 눈을 떴다. 두 할아버지는 아직 감동의 여운이 남아 있는지 두 볼이 발갛게 달아올라 있었다.

최성민이 먼저 감탄사를 터뜨렸다.

"좋구나, 좋아."

고은석이 그것 보라며 어깨를 으쓱거렸다.

"내가 말하지 않았나. 자네 마음에도 쏙 들 거라고."

"허허, 마음에 들다 못해 차고 넘치는구먼. 자네 어디서 저런 사랑스러운 요물을 만났나."

"내가 원래 자네보다야 인복이 좋았지."

"허? 그럴 리가."

또다시 시작되려는 논쟁에 우민이 절레절레 고개를 저었다. 왠지 나진주와 최준철의 끝없는 논쟁이 어디서 시작된 건지 알 것만 같았다.

*   *   *

방수혁.

김혜은이 속해 있는 YH엔터의 대표 작곡가 중의 한 명이었다. 매년 들어오는 저작권료만 수억을 넘어간다고 알려져 있었고, 각종 오디션 프로그램에도 참가하며 방송 역시 활발하게 활동하고 있었다.

그런 방수혁을 움직인 건 김혜은의 부탁이 아니었다. 유민아가 손을 흔들며 방수혁을 불렀다.

"삼촌!"

첫 만남은 초등학교 시절부터 김혜은을 따라 소속사를 드나들던 유민아에게 과자 몇 개를 쥐어준 것이었다.

"민아 왔구나."

그렇게 시작된 인연이 시간이 지날수록 계속 깊어졌다. 발랄하고 깜찍한 유민아의 모습에 방수혁은 왜 '삼촌 부대'라는 단어가 생겨났는지 알 것 같았다.

"웅! 민아 왔쪄요!"

16살의 나이였지만 유민아가 혀 짧은 소리를 내며 애교를 부렸다.

심쿵.

심장이 떨어져 내릴 것 같은 귀여움에 정신을 차릴 수가 없었다.

뒤에서 유민아가 하는 모습을 지켜보던 김혜은이 혀를 찼다.

"쯧쯧, 저게 누굴 닮아서 여우 짓을 하고 다니는 건지."

옆에서 지켜보던 우민은 하고 싶은 말이 있었지만 꾹 눌러 삼켰다.

'누나를 닮아서 그렇잖아요.'

그랬다간 김혜은의 변명을 한 시간은 넘게 들어야 한다는 사실을 이제 알고 있다.

방수혁과 유민아의 격한 인사가 끝나고 우민이 다가가 꾸벅 고개를 숙였다.

방수혁이 미묘하게 웃으며 유민아를 바라보았다.

"너구나, 우리 콧대 높은 민아가 나한테 애교 부리게 만든 친구가."

기차 화통을 삶아 먹은 듯 유민아가 소리쳤다.

"삼촌!"

"호호, 수혁 씨도 알고 있었어요?"

김혜은까지 한마디 거들자 유민아가 울상이 되어버렸다. 우민이 한 발 앞으로 나서며 말했다.

"민아 누나가 워낙 착해서 주변 사람들을 잘 챙기니까요."

우민의 도움에 울상이 되어버렸던 유민아가 한껏 거드름을 피웠다.

"에헴, 삼촌 들었지?"

방수혁이 짓궂게 물었다.

"오호, 내 여자는 내가 지킨다?"

"민아 누나에 비하면 제가 한참 부족해요. 오히려 누나가 절 지켜주고 있어요."

"아, 아닌데……."

자리에 있는 사람이라면 누구나 알 수 있을 정도로 유민아의 볼이 순식간에 붉게 달아올랐다.

더 이상 놀렸다가는 미움받을 것 같았는지 방수혁이 빠르게 상황을 정리했다.

"하하, 우민 군 작사 실력이 아주 수준급이라 들었는데."

방수혁이 '짝' 하고 박수를 치며 주의를 환기시켰다.

"자, 인사는 여기까지 하는 걸로 하고. 만들었다는 노래를 한번 들어볼까?"

우민의 글쓰기 실력에 대해서는 이미 김혜은으로부터 살짝 언질을 받긴 했다.

'달동네 아이들'이라는 드라마를 썼던 초등학생이라는 말에 놀라기도 했다.

그렇다고 큰 기대를 한 건 아니었다.

어차피 작사라는 것은 소설이나 드라마와는 완전히 다른 분야다. 몇 마디 되지 않는 문장으로 대중들의 마음을 사로잡아야 한다.

방수혁은 그저 유민아의 부탁을 들어준다는 가벼운 마음으로 작업에 임했다.

"앞에 마이크 보이지? 거기에 대고 부르면 된다."

가벼운 마음으로 대한다고 해도 일을 허투루 하기는 싫었다. 이미 하기로 한 일. 어디 소파나 회의실에 앉아 대충 듣고 마는 것이 아니라, 음악 작업의 세계가 어떤 건지에 대한 교육도 해줄 겸 녹음실을 빌려 정식으로 작업했다.

아직은 마이크가 어색한 우민이 방음 부스에서 말했다.

"아, 아. 여기에 대고 말하면 되나요?"

"오케이. 좋아. 그냥 네가 작사를 할 때 생각했던 대로 흥얼거리기만 해도 돼. 거기에 맞춰서 내가 편곡을 해줄 테니까."

방음 부스 안에 있던 우민이 알겠다며 고개를 끄덕였다.

"그럼 시작하겠습니다."

칠순에 가까운 노인들에게 설렘이라는 감정을 선물한 우민의 시 낭송이 녹음실에서 시작되었다.

미묘했다.

아무런 변주도 없이 4/4 박자에 따라 읽어 내려가는 것에 불과했다.

그럼에도 변성기가 채 오지 않은 우민의 미성이 방수혁의 귀를 간질였다.

방수혁이 귀신에라도 홀린 것처럼 노래를 멈추었다.

"잠깐, 잠깐. 멈춰 봐봐."

방수혁의 지시에 우민이 마이크에서 입을 뗐다. 까끌까끌 돋아나 있는 턱수염을 문지르던 방수혁이 장비를 이용해 드럼의 심벌과 탐탐 소리를 입혔다.

"다시."

우민이 다시 마이크에 대고 '볼 빨간 누나'를 읽어 내려가기 시작했다.

최성민 앞에서 했던 것은 말 그대로 '시'였다. 우민은 기존 '시'가 가지고 있던 운율, 즉 리듬감을 최대한 살려 노래에 맞는 가사로 바꾸었다.

운율의 동음 반복은 흔히 후크라 부르는 부분으로 바뀌었고, '압운법'이라 부르는 '운'을 일치시키는 부분은 랩의 라임이 되었다.

"잠깐, 잠깐만 다시 멈춰 봐."

이번에는 드럼 비트 위에 기타 소리를 얹었다. 다시 멈추고 그 위에 키보드 소리를 더했다.

그렇게 몇 번 반복하고 나자 당장 음원으로 출시해도 손색 없을 정도의 노래가 탄생했다.

유민아도 놀란 듯 큰 눈을 한층 동그랗게 뜨고는 엄지손가락을 치켜세웠다.

"역시 삼촌! 삼촌 최고!"

하지만 방수혁은 굳은 표정으로 입술을 꾹 다문 채 우민을 바라보기만 했다.

'내가 한 게 아니야… 저 꼬맹이가 한 거야. 마치 주문이라도 건 것처럼. 드럼을, 키보드를 넣으라고 했어.'

분명 아무런 악기도 없는 생목의 내레이션을 듣고 있었다.

하지만 신기하게도 한두 마디 듣고 나면 부족한 게 떠올랐다.

채우고, 채우자 노래가 탄생했다.

자신이 한 일이 맞지만 자신이 한 일이 아니기도 했다. 어떻게 된 일인지 더 자세히 이야기하고 싶었다.

방수혁이 황급히 방음 부스에 연결된 마이크에 대고 말했다.

"우민 군, 밖으로 나와봐."

방음 부스에서 나온 우민을 회사 내 자신의 개인 작업실로 데려갔다.

방수혁이 침을 꿀꺽 삼키며 물었다.

"어떻게 한 거야?"

주어도 목적어도 없는 말에 우민이 고개를 갸우뚱거렸다.

"무슨 말씀인지 이해를 못 했습니다. 노래해 보라고 해서 했는데 뭐 문제 있나요?"

"작곡은 배운 적 없다는 게 정말이냐?"

"네."

"작사는?"

"없어요. 그저……."

우민이 잠시 뜸을 들였다.

"그저?"

"시 쓰는 법을 응용했을 뿐이에요. 최신곡들을 들으면서 '시'를 약간씩 바꾸니까 노래가 되더라고요."

방수혁은 아직 원하는 대답을 듣지 못했다. 어떻게 자신의 머리 속에 드럼 소리가, 기타 소리가 들리도록 만들었는지 미치도록 궁금했다.

"방금 아저씨 머릿속에 누군가 명령이라도 한 것처럼 드럼 소리를 입혀라, 기타 소리를 입혀라, 라는 소리가 들렸어."

피식.

우민은 살짝 웃음을 터뜨렸다.

"아저씨."

우민의 웃음에 방수혁이 얼떨떨한 표정으로 변했다. 우민은 아무렇지도 않게 말을 이었다.

"사실 아저씨도 알고 있잖아요. 천재, 아저씨가 천재여서 그렇다는 걸."

민망한 소리를 아무렇지도 않게 하는 우민 덕분에 이번에는 방수혁의 귀가 새빨갛게 달아올랐다.

"지금까지 히트시킨 노래만 수십 곡에 저작권료만 수억을 받고 계시잖아요. 평범한 사람이 할 수 있는 일이라 생각하세요?"

방수혁은 최면이라도 걸린 듯 아무 말도 하지 못하고 절레절레 고개를 저었다.

"저는 그냥 가사를 읊었을 뿐이에요. 거기에 음을 입힌 건 순전히 아저씨의 능력이고요. 예능 프로의 천재라 불리는 사람들이 순간적으로 멘트를 생각해 내는 것과 똑같다고 생각해요."

우민의 마지막 말에 방수혁의 귀에서 시작된 홍조가 얼굴 전체로 번져 나갔다.

"그러고 보니 아저씨도 꽤나 능력 있는 사람이네요. 저도 비슷한 음을 생각하면서 가사를 쓴 건데 그걸 정확하게 표현해 주셨어요."

작곡의 'ㅈ' 자도 모르는 14살짜리의 말이었다. 하지만 방수혁은 아무런 반박도 의견도 낼 수 없었다.

그저 자신이 천재라는 말에 부끄러울 뿐이었다.

*   *   *

우민이 돌아가고 방수혁은 바로 음원 사업부 본부장을 찾아갔다.

"본부장님, 원석 하나 찾았습니다."

"원석?"

들뜬 목소리의 방수혁이 열변을 토했다.

"앞으로 제 밑에 두고 잘만 키우면 회사 기둥이 되어줄지도 모릅니다."

"자네가 그 정도로 극찬하는 친구라면 당연히 잡아야지. 이름이 뭔데?"

"이우민이라고, 혜은 씨가 했던 드라마 대본 쓴 녀석입니다."

본부장이 고개를 갸우뚱거렸다.

"이우민이라… 어디서 많이 들어본 이름인데."

"민아와도 상당한 친분이 있어요. 아마 혜은 씨한테 들은 거 아닌가요?"

"아니야. 그게 아닌데……."

책상을 두드리며 곰곰이 생각에 잠겨 있던 본부장이 손가락을 튕겼다.

"아! 기억났다. 그때 워크샵에서 콘텐츠 쪽 본부장이랑 배우 팀 팀장이 한판 붙었던 일 기억나냐?"

방수혁이 기억이 잘 나지 않는지 머리를 긁적였다.

"그런 적이 있었나……."

"분명해. 너는 그때 술 먹고 뻗어서 잘 모를 수도 있는데 그때 둘이 싸웠던 이유가 바로 그 우민이라는 친구 때문이다."

"서로 가지려고요?"

"그래. 그때 왜 저러나 싶었는데……."

"우리 쪽으로 데려와야 합니다. 본부장님, 그 친구 얼굴 보셨어요?"

"나도 봤지. 배우 해도 되겠더라."

방수혁이 고개를 절레절레 저었다.

"아니요. 싱어송 라이터 해야 됩니다. 저희도 빌보드 진출 한번 해야 할 것 아닙니까."

"비, 빌보드? 그 정도야?"

"그 정도라… 아마 그 이상일지도 모르겠네요."

방수혁이 보기에 우민은 천재를 가르치는 천재였다.

그가 가진 잠재력이 감히 상상조차 되지 않았다.

*   *   *

테스트가 끝나고 유민아가 우민의 손을 이끌고 회사 근처 햄버거 집으로 향했다.

"어머님이 신신당부하셨어. 너 친구 만들어야 한다고."

박은영의 걱정이 무엇인지 잘 알고 있기에 우민은 굳이 거부하지 않았다.

마침 배가 출출하기도 했다.

가게 안으로 들어서자 '달동네 아이들' 드라마를 함께했던 아역 배우들이 보였다. 여자아이들은 우민을, 남자아이들은 유민아를 바라보았다. 개중에서 덩치가 있어 보이는 남자아이 가 자리에서 벌떡 일어나 마치 어른이라도 된 것처럼 우민에게 악수를 청해왔다.

"진짜 오랜만이다."

서성모.

우민보다는 한 살이 많고 유민아보다는 한 살이 어린 15살, 중2의 아이였다.

중2였지만 160의 키에 훤칠한 외모로 수많은 누나 팬들을 거느린 스타였다. 우민은 약간 떨떠름해하며 손을 맞잡았다.

"어."

악수를 마친 서성모가 이번에는 유민아에게로 시선을 돌렸다.

"민아도 반가워."

살짝 윙크를 하며 손을 내미는 모습에 유민아가 흠칫 몸을 떨었다.

"어, 그, 그래."

"이런 데는 쳐다보는 사람이 많아서 잘 안 오는데 민아 너라서 온 거야."

우민이 주변을 둘러보니 다른 아이들도 비슷한 심정인 듯 장난스레 헛구역질을 해댔다.

"아, 앉자."

"민아 같은 스타가 이렇게 매니저 없이 다녀도 정말 괜찮겠어? 나야 남자니까 괜찮지만 민아는 여자잖아."

한 살 어림에도 불구하고 누나라는 말은 붙이지 않았다. 꽤 씸해하던 유민아가 한마디 하려는 찰나, 20대로 보이는 여성 한 분이 다가왔다.

"어, 저기……."

서성모가 앞으로 나서며 말했다.

"하하하, 지금은 보시다시피 친구들과 대화 중이어서요. 사인은 다음에 해드리겠습니다."

여자는 서성모를 지나쳐 우민에게 다가가 팬들을 위해 특별히 발매한 달동네 아이들 양장본을 내밀었다.

"우, 우민 작가님 맞죠? 몇 년 전 사인회에 갔다가 줄이 너무 길어서 못 받았는데… 사인해 줄 수 있어요?"

꽤나 좋아하는지 목소리까지 떨고 있었다.

"네, 해드릴게요. 그리고 한참 어린데 말 낮추세요."

책을 내밀었던 여성의 볼은 붉게 달아올랐고, 반대로 유민아는 질투심에 입술을 앙다물었다.

머쓱해진 서성모가 머리를 긁적거렸다.

달동네 아이들에 출연했던 대부분의 아이들이 일약 스타덤에 올랐다.

순간 반짝이는 인기를 누리고 사그라진 아이도, 꾸준히 연기 활동을 하며 비록 아역이지만 입지를 쌓아가고 있는 친구들도 있었다.

유민아는 후자였고, 모임에서 가장 활발하게 이야기를 하고 있는 서성모 역시 후자였다.

"이번에 신 PD님이 연출하시는 '왕과 나' 아역에 출연하기로 했어. 다들 놀러올 거지? 와서 촬영장 분위기도 익히고 선배 연기자님들께 눈도장도 찍고 해야지."

한껏 거드름을 피우며 하는 말에 다들 눈살을 찌푸렸다. 이미 익숙한 풍경에 우민은 신경 쓰지 않고 햄버거에 집중했다.

글, 책, 그리고 돈을 빼고 우민이 가장 좋아하는 것이 바로 햄버거였다.

허기진 배를 햄버거로 빠르게 채우던 우민을 유민아가 말렸다.

"우민아, 천천히 먹어. 급하게 먹다 체해."

유민아의 관심은 오로지 한 명에게 집중되어 있었다. 힐끗 눈치를 살핀 서성모가 말했다.

"민아야, 내가 피디님께 말해놓을 테니까 한번 와. 너도 흥행 보증수표 신 PD님 알지?"

거만한 태도로 말하는 꼴이 보기 싫었던 유민아가 어이가 없다는 듯 콧방귀를 뀌며 톡 쏘아붙였다.

"나는 KEBS에서 사상 최초로 시청률 10%의 벽을 깬 작가님밖에 모르는데?"

크큭.

몇몇 아이들이 웃음을 터뜨렸다. 면전에서 면박을 줬음에
도 서성모는 전혀 개의치 않아 보였다.

전혀 유민아의 말을 듣고 있는 것 같지가 않았다.

"정말 신 PD님 몰라? 민아, 큰일이다. 이 바닥에서 신 PD님
모르면 어쩌려고 그래. 인기 그거 물거품이다. PD님들이랑 두
루두루 친하게 지내놔야지."

겨우 중2임에도 불구하고, 마치 연예계 박사인 양 하는 말
을 자리에 있던 누구 하나 좋아하지 않았다.

하지만 서성모는 눈치가 없는 것인지, 중2라는 특이점이 온
것인지 말을 멈추지 않았다.

"그래도 걱정하지 마. 내가 민아 너는 특별히 도와줄 테니
까."

두 손 두 발 다 들었다는 듯 유민아는 아예 시선을 돌리지
도 않았다. 먹고 있던 햄버거를 내려놓은 우민이 주머니에서
핸드폰을 꺼내 탁자 위에 올렸다.

띠리리링.

띠리리링.

몇 번의 신호음이 울리고 '딸칵' 전화가 연결되었다.

"안녕하세요. 신 PD님, 저 우민이에요."

스피커폰으로 연결된 전화는 그 자리에 있던 모든 아이들에게 통화 내용을 알려주었다.

—우민이? 마침 '네 이야기' 하고 있었는데 오랜만이구나.

"네. 한국작가협회 드라마 부문 수상할 때 뵙고 너무 오랜만에 인사드리네요."

—하하, 이 녀석. 소식은 들었다. 눈, 허리, 손목 괜찮은 데가 없다고.

대화를 나눌 때마다 서성모의 표정이 시시각각으로 변해갔다. 마치 오랫동안 알던 사이처럼 스스럼없이 대화를 나누는 모습에 다른 아이들은 놀란 기색이 역력했다.

"다름이 아니라 오늘 성모 형을 만났는데 PD님 작품에 출연한다고 해서 안부 인사드렸어요."

—그랬어? 하긴 성모가 '달동네 아이들'에 출연했었지.

자신의 이름이 나오자 서성모가 긴장한 듯 꿀꺽 침을 삼켰다. 방금 전까지 안하무인처럼 행동하던 모습은 온데간데없었다.

"그때가 벌써 몇 년 전이네요. 성모 형 덕분에 제가 참……."

우민이 잠시 뜸을 들이며 서성모를 쳐다보았다. 서성모의 두 눈이 처음으로 요동치며 미동조차 하지 못하고 우민을 바라보았다.

입술을 살짝 달싹이는 것이 뭔가 하고 싶은 말이 있는 듯했다.

"좋은 경험을 많이 했어요."

휴우.

서성모가 긴 한숨을 내쉬었다. 그 모습에 유민아가 고소한지 '킥' 웃음을 터뜨렸다.

칭찬이라 생각하고 용기를 얻었는지 서성모가 막 입을 열려 했다.

"피……."

서성모가 피디님이라 채 다 말하지도 못하고 빠르게 입을 다물었다.

─성모 그 녀석이 좀 특이하긴 하지. 언젠가 버릇 한번 단단히 고쳐주려고 내가 벼르고 있어.

"바쁘실 텐데 제가 괜히 시간 뺏는 건 아닌지 모르겠어요."

─우민이 전화야 언제나 환영이지. 건강 괜찮아지면 연락 주렴. 아저씨가 맛있는 거 사 주마.

"네. 감사합니다."

전화가 끝나자마자 서성모가 다시 입을 열었다.

"역시 내 생각해 주는 건 PD님밖에 없다니까. 너희들도 들었지? PD님이 내 생각해서 나쁜 연기 습관 봐주신다는 거?"

정신세계가 궁금할 정도로 확실히 범상치 않은 사람이었

다. 하지만 우민이 앞에서는 아니었다.

"그런 의미였어? 내가 잘못 들었나… 다시 한번 전화해 봐야겠네."

우민이 다시 전화기를 집어 들려 하자 서성모가 황급히 자리에서 일어났다.

"아, 차, 참! 오늘 연기 수업 있는 거 깜박했다. 다, 다음에 보자, 얘들아. 나 먼저 갈게."

그러면서도 유민아에게 윙크하는 걸 잊지 않았다.

"민아야, 안녕!"

우민이 헛웃음을 터뜨리며 절레절레 고개를 저었다. 정말 '멘탈' 하나만큼은 콘크리트보다 두꺼웠다.

집으로 돌아가는 길.

유민아가 아쉽다는 듯 중얼거렸다.

"성모, 그 나쁜 놈 때문에 얘들이 우민이 너를 더 어려워하게 됐잖아."

우민이 괜찮다며 유민아를 달랬다.

"괜찮아. 친구야 천천히 사귀어도 되니까."

"힝, 그래도……."

"나한테는 누나도 있고."

그 한마디에 유민아의 표정이 다시 밝아졌다.

친구.

우민에게는 애증의 단어였다. 대부분의 아이들이 우민의 옆에서 버티질 못했다.

시기, 질투, 자괴감 등등 대부분의 아이들이 부정적인 감정에 휩싸여 우민의 곁을 떠났다.

버틸 수 있는 건 유민아처럼 자존감이 대단히 높은 아이들이 대부분이었다.

"그리고… 성모 형과도 왠지 친구가 될 수 있을 것 같아."

유민아가 기겁을 하며 소리쳤다.

"뭐어?"

"성모 형이 본성도 착하고……."

잘난 척하는 게 심해서 그렇지 딱히 남에게 피해를 주는 일은 없었다. 그저 '자기애'가 남달리 강할 뿐이었다.

"그야 그렇지만."

우민이 화제를 돌리기 위해 재빨리 말했다.

"그나저나 '볼 빨간 누나' 음원 잘됐으면 좋겠다."

"잘될 거야. 엄마가 무조건 1등 할 거라 그랬어."

"정말 그렇게 될까?"

"그럼, 우리 엄마가 또 90년대를 휘어잡은 최고의 가수였잖아. 노래를 듣자마자 딱 감이 왔대."

"누가 쓴 건데 당연히 우리나라에서는 1등 하겠지. 내 말은,

혹시 미국에서도 1등 할 수 있을까 해서."

유민아가 황당하다는 듯 소리쳤다.

"뭐어?"

"헤헤. 봐봐, 성모 형이 나랑 비슷한 점이 꽤 있지."

"너어! 또 나 놀린 거지?"

유민아가 샐쭉거리며 입을 움직였다. 우민이 아니라며 손사래를 쳤다.

뒷좌석에서 둘이 노는 모습을 지켜보던 김혜은이 '툭' 하고 논란의 결론을 지었다.

"우민아, 이번에는 네가 틀렸다. 네가 방금 말한 건 '겸손'이고, 성모 그 녀석이 한 건 잘난 척이지."

이번에는 우민이 놀라 소리쳤다.

"네에?"

"90년대를 휘어잡은 최고의 가수가 보기에 우민이 노래는 빌보드 1등이 아니라 태양계 1등이다."

김혜은의 농담에 차 안 분위기는 더할 나위 없이 밝아졌다.

제 9 장

볼 빨간 누나 II

가이드 녹음된 곡을 두고 방수혁은 몇 날 며칠을 고민했다.

"누가 부르는 게 좋을까."

유민아가 부를 곡이었다. 하지만 그러기에는 뭔가 아쉬웠다.

방수혁의 머릿속으로 유명 가수들의 이름이 스쳐 지나갔다가 다시 지워졌다.

딱 꼬집어 말할 수는 없지만 음색 깡패라 불리는 가수들에게 곡을 주려 해도 2%가 부족했다.

이우민.

방수혁의 머릿속에서 우민의 이름 석 자가 끊임없이 맴돌았다.

"노래 실력이 그리 뛰어나지는 않았는데… 왜 자꾸 생각나는 거지."

마치 책을 읽는 것처럼 그저 담담히 읽어 내려가던 우민의 목소리가 자꾸만 생각났다.

"그냥 이대로 확 출시해 버려."

분명 노래의 형태를 띄고 있기는 했다. 하지만 대중적이라 말하기에는 힘들었다.

굳이 분류를 하자면 홍대 근처 소규모 클럽을 가면 들을 수 있는 인디밴드의 음악이라 할 수 있었다.

과거의 경험은 '트렌드에서 벗어났다. 이건 폭망'이라 말했고, 작곡가로서 살아남을 수 있었던 직감은 '된다, 이건 돼'라고 말했다.

"그래, 한 번만. 딱 한 번만 더 녹음해 보고 결정하자."

결정을 내린 방수혁이 전화기를 들었다.

*   *   *

안구건조증과 건초염으로 박은영에게 쓰고 보는 것에 대한 금지령이 내려진 우민은 유일하게 사용할 수 있는 머리와 목으로 할 수 있는 '시 낭송'에 흠뻑 빠져 있었다.

특히나 소리 내어 읽을 때마다 '글'이 새롭게 느껴진다는 것이 우민을 즐겁게 만들었다.

"우민아, 시에도 클라이맥스라는 게 있다. 천천히 감정을 끌어모아 가면서 '펑' 하고 터뜨려 줘야 해. 자, 다시 해봐."

최성민은 정말 '시'에 대해서라면 모르는 게 없었다. 시를 쓰는 법은 물론이거니와 어떻게 읽어야 하는지까지도 상세하게 가르쳐 주었다.

우민은 다시 한번 심혈을 기울여 자신이 작성한 시를 읽어 보았다.

도입부에서는 천천히 낮은 목소리로, 가끔 강조해야 할 부분에서는 숨을 짧게 끊어 쉬며 액센트를 주었다.

"빨~ 갛게, 빨~ 갛게 물들어가겠지."

"그래, 그렇게 발음은 정확해야 하고, 중음을 중심으로 고음은 꼭 강조해야 할 부분에, 저음은 감정의 변주가 필요할 때 사용하는 거야."

최성민은 시 낭송의 발성법에서부터 호흡법까지 우민이 미처 알지 못하고 있던 영역에 대한 지식을 전수했다.

끝까지 '시 낭송'을 마친 우민이 앞에 놓여 있던 물 한 잔을 들이켰다.

"말씀하신대로 정말 읽을 때마다 새롭네요."

시 낭송을 마치고 하는 일은 '시'의 어색한 부분을 고쳐 쓰는 일이었다. 쓰는 것에 대한 금지령이 내려진 만큼 무리가 안 갈 정도로 '단어 하나', '조사 하나'정도를 수정했다.

그렇게 고쳐 나갈수록 '시'는 매끈해져 갔다.

"이 할아버지도 너를 가르칠 때마다 새롭구나. 이렇게까지 잘 따라올 줄은 몰랐어."

속으로는 더 놀라고 있는 걸 최성민은 애써 참고 있는 중이었다. '시 낭송'을 배우고 싶다는 말에 벌써 같은 시를 300번이 넘게 반복해서 읽도록 시켰다.

지금까지 겪었던 다른 제자들도 수십 번 정도는 곧잘 따라 했다.

간혹 가다 백 번이 넘게 의미를 되새김질하며 읽으라는 최성민의 지도 방식을 따라오는 '제자'도 있었다.

그러나 벌써 삼백 번이 넘도록 하나의 시를 반복해서 읽는 아이는 우민이 처음이었다.

더구나 최성민이 보기에도 우민은 심상치 않은 재능을 가진 아이였다.

이런 재능을 가진 아이가 노력이라는 덕목까지 겸비했다?

일종의 '사기캐'였다.

"'물들어가겠지'는 추측이나 예상을 나타내는 것이니, 여기서는 '물들어갔다'가 더 어울리겠어요."

최성민의 놀람을 뒤로하고, 우민은 또 한 구절을 고쳐 썼다. 그저 잘 읽기 위해서라면 시 낭송을 하지 않았을 것이다.

읽고 난 뒤 느껴지는 새로움, 그리고 새로움을 통해 발전하는 자신의 글을 보는 즐거움에 우민은 시 낭송을 멈출 수가 없었다.

*   *   *

공무원 시험 공부 2년 차를 넘어가는 김선미는 오늘도 도서관을 찾았다.

후드 티에 추리닝을 입고 아침 7시부터 하루 종일 도서관에 앉아 공부에 몰두했다.

그런 그녀에게 언제부터였는지 잘 기억나지는 않지만 도서관 뒤편 정자에서 낭랑한 아이의 목소리가 들려왔다.

잠시 바람을 쐬러 나오면 들리는 그 아이의 또랑또랑한 음성은 공부로 지친 기분을 환기시켜 주었다.

그래서일까.

이제는 제 발로 찾게 되었다.

아쉽게도 매일 들을 수 있는 건 아니었다. 매 시간 들을 수 있는 것도 아니었다.

정확한 건 아니지만 매주 화요일, 목요일 오후 3시가 넘어가는 시간부터 들리는 것 같았다.

그 시간쯤 근처 벤치에 우두커니 앉아 그 친구의 낭창낭창한 소리를 듣고 나면 지쳐 있던 육신에도 약간의 활력이 도는 듯한 느낌마저 들었다.

"혹시나 언제 사라질지 모르니까……."

만약 앞으로 라이브로 들을 수 없어도 녹음된 파일을 들으면 되겠다는 생각으로 녹음까지 해두었다.

공부를 하다 SNS를 살피던 그녀는 별생각 없이 '우리 동네 도서관 명창'이라는 이름으로 SNS에 녹음된 파일을 업로드시켰다.

정말 별생각 없이 한 일이었다.

그리고 별생각 없이 다시 들어가 보았다.

좋아요. 1,311개.

끽해야 학교 친구들이 관심을 표해 간신히 두 자리 수가 넘는 게시물이 대부분인 자신의 게시판에 최초로 4자리가 넘어가는 '게시물'이 생겨나 있었다.

좋아요. 1,351개.

이것이 바로 SNS의 파급력이라는 걸까.

그 순간에도 '좋아요'가 수십 개씩 늘어나고 있었다.

* * *

주방에서 밥을 하던 김혜은이 보지 않고도 안다는 듯 소리 쳤다.

"유민아, 너 또 핸드폰 만지작거리고 있지?"

침대에 모로 누워 핸드폰을 보고 있던 유민아가 태연하게 대답했다.

"아니야!"

"엄마는 뒤에도 눈 달린 거 알지? 밥 먹기 전에 숙제부터 해 놔. 연기 때문에 공부 소홀히 하는 거, 엄마는 그 꼴 못 본다."

유민아는 꿈쩍도 하지 않은 채 근래 유행하는 SNS들을 살 폈다. 가끔 자신에 대한 게시물이 보일 때마다 '좋아요'를 누르 는 걸 잊지 않았다.

그렇게 한참 동안 핸드폰을 만지작거리던 유민아의 눈에 특 이한 제목의 '게시물'이 보였다.

"우리 동네 도서관 명창?"

댓글을 클릭해 보니 '일단 한번 들어봐'라는 추천이 가득했 다. 유민아도 호기심에 플레이 버튼을 터치했다.

볼 빨간! 그녀~

미처 조정해 놓지 않은 볼륨 덕분에 소리를 들은 김혜은이 주방에서 득달같이 유민아의 방으로 달려왔다.

"딸! 엄마 말 안 듣니!"

김혜은의 호통에도 유민아는 손에서 핸드폰을 놓지 않았다.

"어, 엄마. 이거 한번 들어봐 봐. 어디서 많이 들어본 목소리 같지?"

"이게 어디서 엄마가 혼내는데 말을 돌려!"

"아이참! 들어보라니까. 아무래도 우민이 목소리 같지 않아?"

"우민이?"

우민이라는 말에 김혜은도 호기심을 표하며 귀를 기울였다. 그렇게 일 분여가 지났을까.

유민아와 김혜은은 같은 사람을 머릿속에 떠올렸다. 김혜은이 얼떨떨해하며 중얼거렸다.

"애, 요새 판소리 배우러 다니니?"

유민아도 모르겠다는 듯 고개를 저었다. 그 순간에도 핸드폰을 통해 우민의 목소리는 플레이되고 있었다.

　　　　*　　　　　　*　　　　　　*

　　유민아로부터 우민과 관련된 링크를 받은 방수혁은 아차 싶
었다.

　　계약!

　　민망함과 기대감이 뒤섞여 정신을 혼란스럽게 하는 통에 계
약을 하지 않았다는 사실을 잊어버렸다.

　　방수혁은 다급하게 우민을 다시 녹음실로 초대했다. 엔지니
어와 방수혁 달랑 둘이 있던 당시와 달리 녹음실에는 더 많은
사람이 대기하고 있었다.

　　이미 왜 모인 것인지 알고 있는 우민은 나이에 맞지 않은
이야기부터 꺼냈다.

　　"계약 조건이 어떻게 되나요?"

　　처음 들으면 누구나 당황하는 말이었다. 초등학생 때도, 중
학생이 된 지금도 대부분의 어른들은 우민을 어린아이 취급했
다.

　　그 자리에서 우민을 겪어본 김혜은만이 유일하게 당황하지
않았다.

　　"계약 조건이 어떻게 되는지 물어보잖아요."

　　함께 배석해 있던 음원 사업 본부장이 들고 있던 문서를 내

밀었다.

"아, 아. 하하, 그렇지, 계약 조건. 그걸 설명해 줘야지."

문서를 받아 든 박은영이 김혜은에게 물었다.

"언니, 이거 괜찮은 조건이지?"

작사료에만 50만 원이라 가격이 책정되어 있었다. 흘낏 문서를 본 우민은 작사료만이 아니라 작곡료에도 가격이 책정되어 있는 것을 보고는 물었다.

"작곡은 제가 한 게 아닌데, 여기에 제 이름이 들어가 있네요?"

지켜보던 방수혁이 앞으로 나섰다.

"우민 군에게 도움을 많이 받았으니 공동 작곡으로 하는 게 맞는다고 생각했어. 대신, 편곡에는 내 이름만 들어갈 거야."

방수혁의 말대로 작사에는 우민만이, 작곡에는 방수혁과 공동 작곡으로 올라가 있었다.

그 사실 하나만으로도 방수혁이 꽤나 자신을 생각해 주었다는 것을 알 수 있었다.

김혜은도 그런 사실을 캐치했는지 크게 트집을 잡지 않았고 박은영도 고개를 끄덕이는 것으로 의사를 표현했다.

그 뒤로 계약은 일사천리로 진행되었다.

계약이 끝나고 바로 녹음이 시작되었다. 유민아에게 받은 링크에서 플레이되는 녹음 소리에 마음을 굳힌 방수혁이 말했다.

"우민 군, 자네가 노래를 불러주는 것으로 하면 어떨까?"

우민은 어려울 것 없다는 듯 바로 승낙했다. 작곡가에 작사, 거기에 노래를 실제로 부른 실연자로 등록된다면 자신의 저작권료 수입은 더욱 늘어날 것이다.

다만, 자신의 노래 실력이 평범한 것이 걱정이었다.

"들어보셔서 아시겠지만 노래를 잘하는 편이 아닌데 괜찮나요?"

"어차피 상관없어. 네가 부를 노래는 지금껏 없었던 장르가 될 거야. 굳이 붙이자면… '낭송 팝?' 그 정도가 되지 않을까."

계약을 하고 있는 중에도 방수혁의 경험은 비명을 질렀다.

'이 미친놈아, 무슨 소리를 하는 거야. 네가 벌써 배 곯던 시절 잊은 거냐? 자기만족에 빠져 예술을 한답시고 라면 하나로 하루 세 끼를 때우던 시절을 까먹은 거야?'

반면 방수혁의 직감은 한결같았다.

'이건 된다. 믿어라. 어제 하루 종일 우민 군 노래를 흥얼거리고 있었잖아. 간단한 멜로디에 따라 하기 쉬운 가사다. 안

될 수가 없는 조합이야. 너도 퍼스트 무버 한번 돼봐야지.'

계약은 끝났다.

곧이어 녹음도 일사천리로 끝이 났다. 중간에 우민이 가사를 몇 마디 바꾸었지만 녹음할 때 발생할 수 있는 사소한 수정 정도였다.

결국 방수혁의 직감이 승리했다.

＊　　　　　＊　　　　　＊

왕과 나. 드라마 촬영 현장.

"오케이 컷! 다음 신 준비해 주세요."

감독의 사인에 서성모가 머리에 쓰고 있던 예모를 벗어 조심히 내려놓았다.

봄의 끝자락. 이십 도 중후반을 육박하는 기온은 조선 시대 왕의 복장을 하고 있는 서성모를 땀에 흠뻑 젖도록 만들었다.

대기하고 있던 매니저가 휴대용 선풍기와 대본을 가져와 대령했다.

"덥지?"

"아니요. 아직 참을 만해요. 스타라면 이 정도는 참을 줄 알아야죠."

"그, 그래."

매니저도 서성모의 화법에 단련이 되어 이 정도의 말은 아무렇지 않게 받아넘겼다.

더위를 식히며 대본을 다시 한번 살펴본 서성모가 말했다.

"형, 핸드폰 잠깐 주실래요."

서성모가 받아 든 핸드폰으로 셀카를 찍었다.

찰칵.

—오늘도 촬영 중. 서성모 힘내자! 넌 할 수 있다.

사진과 함께 손발이 오그라드는 멘트를 적은 서성모가 이번에는 메신저 프로그램을 구동시켰다.

방금 찍은 셀카를 공유할 심산인 듯 사진을 선택하고 있는 사이 새로운 글이 하나 올라왔다.

유민아: 짜잔! 최애(최고 애정)하는 우민이 음원 냈다! 여기저기 공유 많이 해줘!

http://goo.sl.qd/

성복이: 헐. 우민이 노래도 냈어? 정말 연예계 진출하는 거?

민화영: 꺄아아, 듣고 왔는데 바로 내 최애리스트 추가했음. 친구들한테도 들려줬더니 너무 좋대.

이용호: 작가님이 노래까지 내면 나는 뭘 해야 하나…….

서성모가 보고 있는 사이 빠르게 새로운 글이 올라왔다.

'음원을 출시했다고?'

호기심에 한 번 클릭해 보았다. 링크는 국내 최대 음원 사이트인 수박으로 연결되어 있었다.

플레이 버튼을 누르자 정말 우민의 목소리가 핸드폰을 통해 흘러나왔다.

옆에서 미니 선풍기를 들고 있던 서성모의 매니저도 노래가 좋은지 금세 따라 부르며 흥얼거렸다.

"오, 노래 좋은데? 새로운 아이돌이야?"

"우민이라고, '달동네 아이들' 작가 했던 친구예요."

"작가? 요새는 작가도 노래를 부르나……."

서성모가 엄지손톱을 깨물며 물었다.

"형, 진짜 노래 괜찮은 것 같아요?"

약간 가라앉은 목소리에 그늘진 얼굴. 더구나 엄지손톱을 깨물었다는 건 불안하다는 징조다. 분위기를 빠르게 파악한 매니저가 살짝 표정을 굳히며 말했다.

"뭐, 나쁘지 않다는 정도지. 요즘 '개나 소나' 음원 내잖아. 너도 회사에서 밀어줘서 음원 내면 이 정도는 될 것 같은데."

서성모가 엄지에서 입을 떼며 말했다.

"하긴, 저도 안 내서 그렇지 내기만 하면 차트 진입은 순식간일 테니까."

"당연하지. 보니까 순위에 랭크도 안 되어 있네. 그냥 자기만족으로 냈나 보다."

서성모가 수박 차트 메뉴를 클릭해 보았다. 1위부터 100위까지 몇 번을 보아도 우민의 곡은 보이지 않았다.

"쩝, 아쉽네. 그래도 아는 동생 노래라 잘됐으면 했는데. 내가 홍보라도 해줘야 하나."

"다음 신 시작합니다. 준비해 주세요."

조연출의 말에 매니저가 제자리로 돌아가며 말했다.

"이미 망한 것 같은데 헛된 희망 품게 하지 말고 그냥 놔둬. 그 친구도 성모 인기발로 음원 잘되면 씁쓸할 거 아냐. 이 기회에 연예계가 만만하지 않다는 걸 알아야지."

서성모의 표정이 다시 환하게 밝아졌다. 뒤돌아선 매니저는 서성모의 핸드폰으로 다시 한번 노래를 들어보았다.

말은 그렇게 했지만 노래만 놓고 보면 꽤나 괜찮았다. 설마 하며 수박 순위권을 살펴보니 '역시나' 어느새 100위에 당당히 이름을 올리고 있었다.

*   *   *

패션 브랜드 행사장으로 이동하는 길.

단톡방에 우민의 음원을 공유한 유민아는 바로 SNS에 접속했다.

오른쪽 상단에 쓰여 있는 500k라는 숫자.

팔로워만 50만 명이라는 뜻이었다.

—내 최애 음원 추가. 볼 빨간 누나!
—#음색깡패 #이우민작사작곡 #달동네아이들

새 글이 올라간 지 얼마 되지 않았음에도 빠른 속도로 '좋아요'가 달리기 시작했다.

옆자리에 앉아 있던 김혜은이 날 선 목소리로 말했다.

"유민아! 엄마가 뭐라고 했어?"

"이것만 올리고 그만할 거야. 우민이 신곡 나온 거 홍보해야 한단 말이야."

"어휴, 너도 참 지극정성이다. 이년아, 엄마한테나 그렇게 해."

유민아는 굳이 대꾸하지 않았다. 김혜은도 그런 유민아를 더 이상 탓하지 않았다.

미혼모로 살아남기 위해 김혜은은 연기에 집중해야 했고, 유민아는 보모의 손에서 자라났다.

더구나 미혼모 연예인 어머니를 두었다는 이유로 생기는 사회의 따가운 손가락질이 유민아의 유년 시절을 사정없이 할퀴고 지나갔다.

관계를 회복하기 위한 여유가 생겼을 때는 이미 돌이킬 수 없는 강을 건넌 뒤였다.

그렇게 닫혀 버린 유민아의 문이 열린 게 바로 '달동네 아이들' 촬영 덕분이었다.

정확히는 우민과의 만남 덕분이었다.

"힘들어! 민아 힘들다고!"

조금만 힘들어도 떼를 쓰는 것이 일상이었다.

유민아가 한 번 떼를 쓰기 시작하면 김혜은도 말리지 못했다.

누구를 닮았는지 똥고집이 대단했다.

그런 그녀와 말이 통하는 존재가 바로 우민이었다.

우민이 똑바로 유민아를 바라보며 단호한 태도로 제지를 하면 신기하게도 '뚝' 하고 바로 멈추었다.

바로 지금처럼.

"꺄아! 우민이가 좋아요 눌렀다! 핸드폰 많이 하면 우민이가 싫어하니까 핸드폰 이제 그만해야지."

김혜은이 기가 차다는 듯 절레절레 고개를 흔들었다.

띠링.

켜놓은 SNS 웹 페이지에서 알람음이 들렸다.

살펴보니 유민아가 자신의 노래를 홍보하기 위해 SNS에 글을 올렸다.

"민아 누나도 참, 이러지 않아도 된다니까."

해시태그에 자신의 이름까지 넣은 걸 보니 새삼 고마운 마음이 일었다.

'좋아요'를 누른 우민은 컴퓨터로 자신의 노래 순위를 확인했다.

시력 보호 필름까지 붙어 있는 모니터를 보며 인터넷을 하는 사이 '띠띠', '띠띠' 타임 워치가 알람을 울렸다.

박은영이 의사 선생님과 정한 하루 컴퓨터 사용 시간이 끝났다는 뜻이다.

핸드폰은 일찌감치 압수당한 뒤였다.

우민은 미련 없이 컴퓨터를 끄고 '털썩' 침대 위에 누웠다.

아늑했다.

엄마와 함께 누우면 방 안이 가득 차던 월세방과는 달리 개인 방도 생겼다.

이제는 밥상을 펴놓고 글을 쓰지 않아도 되고, 더우면 시원

한 에어컨을 틀면 된다.

겨울에는 난방을 돌리면 되고, 몸에 맞지 않는 옷에 팔을 끼워 넣을 필요도 없다.

"그래, 잘하고 있어."

우민은 스스로를 다독였다. 집중 관리를 해서인지 눈도, 팔목도 많이 좋아졌다는 것이 느껴졌다.

"지금처럼만 하자."

포근한 주말 오후, 우민은 오랜만에 '스르륵' 달콤한 낮잠에 빠져들었다.

*   *   *

으아아아앙!

우렁찬 아이의 울음소리에 나진주가 서재를 향해 빽 소리쳤다.

"여보! 주말인데 서재에서 글만 쓸 거야! 애기 울잖아!"

서재 쪽에서 아무런 반응이 없자 나진주가 성큼성큼 발걸음을 옮겼다.

서재에 들어가 보니 최준철이 헤드폰을 쓴 채 노래를 듣고 있었다. 나진주가 빠득 이를 갈며 귀에 대고 나지막이 중얼거렸다.

"여어보?"

음부(陰府)의 울음소리에 최준철이 화들짝 놀라며 헤드폰을 벗었다.

"지, 진주야. 그렇지 않아도 이제 나가려고 했어. 우민이가 음원 출시했다고 해서 그거 듣고 있었어."

우민이라는 말에 나진주의 표정이 사르륵 녹아들었다.

"응? 우민이가 음원을 냈다고?"

"요새 '시'를 배우고 있는데 그걸 응용해서 출시한 모양이야. 너도 한번 들어봐 봐."

으아아아아아아앙!

자지러지는 듯한 아이의 울음소리에 퍼뜩 정신을 차린 나진주가 황급히 거실로 나갔다.

"노래 틀어서 가지고 나와봐."

문학에 대한 치열한 토론은 육아라는 현실 앞에서 신기루처럼 사라져 버렸다.

팽팽하게 맞서던 대립은 '엄마'라는 강력한 단어 앞에 무릎 꿇었다.

거실로 나온 최준철이 핸드폰에서 우민의 노래를 플레이시켰다.

"민우야~ 민우도 나중에 우민이 삼촌처럼 잘 자라야 한다."

꺄르르륵.

우민이 부르는 노래 때문인지 엄마의 따뜻한 품 때문인지
아이는 맑은 웃음으로 대답했다.

＊　　　　　＊　　　　　＊

각종 인터넷 커뮤니티에서도 우민의 노래에 관한 글이 끝없
이 올라왔다.

—듣다가 첫사랑한테 전화할 뻔.

—ㅇㅈ. 오늘 귀 호강했다.

—귀르가즘 나 지렸다.

—레알 소름. 하루 종일 플레이하는 중이다. 근데 이거 작사 작곡한 애
가 중이라는데 실화냐?

—나 같은 반임. 내일 학교에서 직접 보고 말해준다.

—관종 즐.

주말 동안 인터넷 커뮤니티를 달군 우민은 등교하자마자
자신을 초롱초롱한 눈빛으로 바라보고 있는 아이들을 마주해
야 했다.

"우민아, 볼 빨간 누나 작사, 작곡한 거 너 맞지?"

맞다고 이야기했다간 이 자리에서 아이들에게 파묻힐 것만 같았다.

자신이 마지막에 확인했을 때 순위가 80위 언저리쯤이었다. 그런데 어떻게 알고 찾아온 것일까?

"유민아 SNS 보니까 너 태그되어 있더라. 노래 진심 대박. 너무 좋아."

"나 사인 하나 해줘."

"나도!"

"나도!"

초등학생 때의 상황이 오버랩되었다. 아직 손목이 완벽한 상태가 아니라 사인을 해주기가 힘들었다.

막 거절을 하려는 순간, 뒷문을 벌컥 열고 나타난 유민아가 소리쳤다.

"손목이 아파서 글씨도 제대로 못 쓰지만 천부적인 재능으로 빌보드를 씹어 먹을 노래를 탄생시킨 우민아!"

우민의 성공이 마치 자신의 성공인 양 의기양양해하며 성큼성큼 다가왔다.

주변을 둘러싸고 있는 여자아이들에게만 유독 위압적인 눈빛을 쏘아 보냈다.

매서운 눈매가 마치 호랑이를 보는 것 같았다. 우민이도 당황하여 말을 더듬었다.

"미, 민아 누나."

"내가 이러려고 홍보해 줬나 싶다."

실망했다는 듯한 말투에 우민은 한층 당황했다. 자신이 뭘 잘못했나? 그럴 리가 없다.

자신은 방금 등교해서 자리에 앉았을 뿐이다.

"으, 응?"

유민아가 들고 있던 핸드폰을 우민이 볼 수 있게 앞으로 내밀었다.

I. 볼 빨간 누나.

이우민.

점유율 38%

화면에서는 우민의 노래가 수박 사이트에서 당당하게 1위를 차지하고 있었다.

"1등이야! 1등!"

환호성을 지르던 유민아가 '쪽' 소리가 나도록 우민의 볼에 입을 맞추었다.

"이건 1등 기념 선물!"

어린 시절부터 어머니뻘 되는 아주머님들께 '볼 뽀뽀'를 많이 당해왔다.

결단코 동년배의 여자아이에게 받는 '볼 뽀뽀'는 처음이었다. 우민의 귀가 부끄러움으로 붉게 물들어갔다.

하지만 제 일인 양 기쁨에 취해 있던 유민아는 보지 못했다. 우민은 그 사실이 참 다행이라 생각했다.

제10장
그래, 넌 그래도 돼

　국내 최대 음원 사이트 수박에서의 '1등'을 시작으로 기타 음원 사이트에도 속속 우민의 노래가 1등으로 올라왔다.

　가장 기뻐한 건 반신반의하던 방수혁이었다.

　"역시 아직 내 감이 죽지 않았어!"

　솔직히 슬럼프가 오는 듯했다. 근래 발표한 노래들이 줄줄이 별다른 반향을 일으키지 못하고 음원 차트에서 사라졌다.

　성공 공식을 따르면 식상하다는 평가를 받고, 참신함을 내세우면 대중성이 떨어진다는 말을 들었다.

　그 둘 사이에서 절묘한 줄타기가 이루어져야 '인기'라는 것을 얻을 수 있다.

방수혁은 콧노래를 흥얼거리며 연신 음원 사이트 화면을
리프레시시켜 보았다.

I. 볼 빨간 누나. 점유율 40%

다시 보아도 1등은 같았다. 자신이 알고 있는 5대 음원 사
이트를 모두 돌아다녀 보았다.

약속이라도 한 것처럼 자신과 우민이 합작한 노래가 1등을
차지하고 있었다.

화면에 보이는 '1'이라는 숫자가 그렇게 좋을 수가 없었다.

"이대로 있으면 안 되겠다. 다음 곡 계약까지 미리 해놔야
겠어."

방수혁이 황급히 휴대폰과 옷가지를 챙겨 들고 밖으로 나
섰다.

한편.

오후 한 시가 넘어 늦은 점심을 먹기 위해 근처 식당을 찾
은 와이북스 손석민 사장은 가게 스피커에서 들려오는 익숙
한 소리에 고개를 갸웃거렸다.

"어디서 많이 들어본 목소리인데……."

앞에서 함께 밥을 먹던 직원이 답답하다는 듯 핀잔을 주었다.

"사장님은 소속 작가 목소리도 몰라요?"

"무슨 말이야, 그게."

"에휴, 이러니까 우민이가 저희랑 차기작 계약을 안 한 거라고요."

이번에는 손석민이 답답하다는 듯 물었다.

"우민이? 여기서 우민이 얘기는 왜 나와. 그렇지 않아도 건강이 안 좋다고, 차기작 계약 안 해서 나도 답답해."

"사장님이 이렇게 관심 없는 사이에 우민이 음원 냈잖아요, 볼 빨간 누나."

손석민이 먹고 있던 숟가락을 '탁' 소리가 나도록 내려놓았다. 놀란 기색이 역력했다.

"몸이 안 좋다고, 건강 좋아지면 연락해 준다고 했는데… 분명 그랬는데."

"그게 지금 음원 사이트 1등이에요, 1등. 완전 히트 치고 있다고요."

마치 크게 뒤통수라도 맞은 양 황당해하는 기색이 역력했다. 믿기지가 않는지 몇 번이고 다시 물었다. 그렇게 잠시간의 시간이 지나고 나서야 손석민은 지금 당장 자신이 해야 할 일을 깨달았다.

"그래, 내가 지금 이렇게 밥이나 먹을 때가 아니지."

"지금이라도 깨달으셨으니 다행이네요. 어서 가보세요."

직원의 빈정거림에 마음이 상할 틈도 없이 손석민은 빠르게 자리에서 일어나 급히 어디론가 전화를 걸며 택시를 잡아탔다.

＊　　　　＊　　　　＊

우민의 어머니 박은영이 운영하는 커피숍.

손석민과 방수혁, 그 사이에 우민이 앉아 있었다. 한껏 섭섭한 표정을 하고 있는 손석민이 말문을 열려는 찰나, 우민이 먼저 말했다.

"이제 막 몸이 회복됐어요. 음원은 손이 아니라 여기에서 나온 거고요."

우민이 입과 머리를 가리켰다. 손석민이 거절당한 것으로 생각하는지 이번에는 방수혁이 나섰다.

"아무래도 호흡이 긴 소설을 쓰는데 몸에 무리가 안 갈 수가 없지. 그러니까 이참에 작사, 작곡 쪽을 전문적으로 해보는 건 어때? 아저씨가 도와줄게."

손석민이 찌릿 방수혁을 노려보았다.

"우민아, 아저씨 믿을 만한 거 잘 알지? 이번에 차기작 계약하면 기존보다 인세를 올려주는 건 물론이고, 번역가까지 붙여서 해외 판로도 알아보마. 아마존에서 1등 한번 해보자!"

아마존.

세계 최대의 인터넷 마켓으로 미국 전자책의 60% 이상, 오프라인 유통의 40% 이상을 차지하고 있는 대기업이다.

아마존 1등이라는 말은 곧 세계에서 1등이라는 말이었다.

방수혁도 질세라 팔을 걷어붙이며 나섰다.

"소설 써서 외국에서 성공하는 게 빠를까, 우리 회사에서 음원 출시해서 빌보드에 가는 게 빠를까? 우리 회사 아이돌들이 활발하게 해외에서 활동하고 있는 거 알지? 네가 노래 만들면 그 아이돌들이 해외에 네 노래를 널리 알릴 거다."

서로의 장점을 설파하며 치열하게 설득전을 펼쳤다. 듣고 있던 우민은 더 이상 가만히 있다가는 성인 남자 둘이 주먹다짐까지 할 것 같은 예감에 입을 열었다.

"빌보드, 아마존 둘 다 좋아요. 저도 누구보다 그곳을 열망하고 있어요."

이번에는 방수혁이 한발 빨랐다.

"그렇지? 빌보드! 너라면 갈 수 있다. 네가 말했듯이 아저씨가 음악 쪽 천재잖아. 천재와 천재의 만남. 시너지 효과가 엄청날 거야."

뒤늦게 입을 연 손석민이 다급히 말했다.

"주, 준철이가 코치해 주면 세계적인 작가로 이름을 날릴 수 있어. 요새 서점가를 휘어잡고 있는 베스트셀러를 쏟아내고 있는 최준철이라고 아시려나 몰라요."

뒷말은 방수혁을 보며 했다. 방수혁도 들어본 적은 있는지 굳이 반박하지 않았다.

잠자코 이야기를 듣고 있던 우민의 생각은 약간 다른 듯했다.

"두 분 모두 일단 한국에서 음반을 내고, 책을 내는 걸 생각하고 계신 거겠죠?"

두 남자가 동시에 고개를 끄덕였다. 오로지 뒤에서 듣고 있던 박은영만이 우민의 의도를 눈치챈 듯 조용히 이름을 불렀다.

"우, 우민아……."

"제 생각은 약간 달라요. 처음부터 미국에서 '글'이나 음원을 발매하면 번역할 필요도, 그곳에서 알아주기를 초조하게 기다릴 필요도 없잖아요."

빌보드 문을 한 번 두드려 보았던 방수혁이 조심스럽게 말했다.

"우… 민아, 빌보드는 말이야. 세계에서도 인정받는, 그러니까……."

"천재 중에 천재들이 모이는 곳이라는 말씀이시잖아요."

방수혁이 고개를 저었다.

"그 천재들 중에서도 운이 있어야 성공하는 곳이야."

손석민의 반응도 크게 다르지 않았다.

"지금껏 내가 만난 사람들 중 너는 누구보다 뛰어난 아이다. 내가 알고 있는 가장 뛰어난 사람인 준철이도 네 나이대에 이 정도는 하지 못했을 거야. 하지만……."

우민이 중간에 말을 가로챘다.

"하지만 저라면 가능합니다. 겸손은 범인(凡人)에게는 한갓 성실이지만, 위대한 재능의 소유자인 사람에게는 위선이다. 윌리엄 셰익스피어."

셰익스피어까지 들먹이며 하는 말에 둘은 멍한 표정을 감추지 못했다.

자신이 오만한 걸까?

아니다.

전 세계에서 가장 많이 팔린 책의 주인공이 될 자신에게 이 정도 표현은 부족하다.

"저는 셰익스피어보다 많은 문학적 업적을 남기고, 더 큰 성공을 거둘 테니까요."

둘은 포기했다는 듯 절레절레 고개를 저었다. 뒤에서 듣고 있던 박은영도 할 말을 잃은 표정이었다.

그 자리에서 우민만이 태연했다. 그러고는 바닥에 내려두었던 가방에서 A4용지 한 뭉치를 꺼내 들었다.

"이건 시간 날 때 짬짬이 준비한 '날 따라 해봐요. 후속편', 이건 최근 작사한 노래인데 관심 있으신 분 계신가요?"

황당한 표정으로 우민을 보고 있던 둘 모두 동시에 손을 들었다. 말이 아닌 행동으로 보여주는 우민의 모습에 아주 약간이지만 정말 그렇게 될지도 모른다는 생각마저 들었다.

＊　　　　＊　　　　＊

집으로 돌아온 우민은 오랜만에 펜을 잡았다. 이미 최신형 컴퓨터에 기계식 키보드까지 장만해 놓았다.

그럼에도 '펜'을 잡은 건 작업을 하겠다는 뜻이 아니었다.

"1등, 여기서만 1등."

우민은 종이 위에 '1'이라는 숫자를 써 보았다. 오늘따라 '1'이라는 숫자가 시시하게 느껴졌다.

재미있게 읽었던 반지의 제왕이나, 마법사 해리 같은 책들은 억대의 판매량을 기록했다.

하지만 자신이 낸 소설은 이제야 이십만 부 가까운 판매량을 보이고 있다.

물론 이 정도만 해도 대단한 성과였지만 도무지 '성'에 차질 않았다.

"우물 안의 개구리일 뿐이야."

한국에서는 아무리 1등을 해도 그 후에 다시 해외 진출을 노려야 한다.

하지만 바로 미국에서 시작했다면? 또 중국이라면?

그곳에서의 1등이 바로 세계 1등이다.

커피숍에서 했던 말들이 마냥 빈말은 아니었다. 혹시나 외국에 자신의 책이나 노래가 소개되지는 않을까 하는 약간의 기대가 있었다. 하지만 아무리 구글 신에게 물어봐도 외국 어디에서도 소개되지 않았다.

동남아로 수출된다던 '달동네 아이들' 드라마 역시 그때만 잠깐 반짝했을 뿐 그걸로 끝이었다.

우민은 공책에 '미래'라는 두 글자를 적어보았다. 영재 학교에 진학하려 했지만 딱히 갈 만한 곳이 없었다.

대부분의 학교가 과학기술 분야에 집중되어 있었다. 문예 창작은 과외 수업으로 받아야 했다.

그럴 바에는 고은석에게 수업을 듣는 것이 차라리 나았다.

"한국에서는 미래가 없어."

세계로 나가야 한다.

지금 시대의 세계는 곧 미국과 중국.

우민은 종이 위에 한 단어를 적었다.

"미국."

프랑스 다음으로 가장 많은 노벨 문학상 수상자를 배출했다.

세계 출판 시장의 25%를 미국이 차지하고 있다.

할 일은 정해졌다.

이미 차근차근 준비해 두고 있었다.

"영어를 미리 공부해 두길 잘했지."

자신에게 글쓰기를 가르쳐 주는 고은석이 유일하게 강조한 공부였다.

생각에 잠겨 있던 우민에게 유민아로부터 전화가 걸려왔다.

—핸드폰 다시 받았다며!

어떻게 알았는지 핸드폰을 받자마자 연락이 왔다.

"몸이 많이 좋아졌어. 이제 글 쓰는 것도 시작해 보려고."

우민은 순간 귀청이 떨어진다는 것이 어떤 것인지 알 것 같았다.

—꺄아악! 이제 드라마 다시 쓰는 거야? 당연히 여주인공은 나지?

유민아의 익숙한 호들갑에 우민은 쓴웃음을 지었다. 넘쳐나는 활기가 가끔은 부담스러울 때가 있다.

"그런데 어쩐 일이야. 핸드폰 받은 건 또 어떻게 알았어?"

—아 참! 우리 라디오 토크 출연하자!

라디오 토크라면 MBS 간판 예능.

시청률 두 자리 수를 꾸준히 유지하고 있는 인기 프로였다.

"내가?"

—아역 배우 특집인데 내가 너 무조건 넣어야 한다 그랬어. 아니면 출연 안 한다고."

"흠……."

방송 출연이라… 영재 탐험단 이후에는 방송 출연 경험이 전무했다.

―음원 홍보해야지!

그 말을 듣자마자 우민은 알겠다며 통화를 마쳤다. 앞으로 외국에서의 생활비를 벌기 위해서라도 더 많은 돈이 필요하다.

방송 출연.

별 어려운 일도 아니었다.

*　　　　*　　　　*

MBS의 간판 예능 라디오 토크 대기실.

긴장한 표정의 서성모가 가만있질 못하고, 연신 다리를 떨었다. 주머니에서 우황 청심환을 꺼내 입속에 털어 넣고 나서야 떨림이 잦아드는지 슬쩍 주변을 둘러보았다.

정면에 보이는 십여 대가 넘는 카메라.

곳곳에 앉아 있는 작가들의 진행 순서를 알리는 판넬이 눈을 어지럽혔다.

드라마 촬영을 할 때와는 또 다른 느낌이었다.

'저놈은 여기 왜 와 있는 거래.'

유민아 옆에 앉아 있는 우민이 영 눈에 거슬렸다. 분명 섭외할 당시에는 아역 배우 특집이라 들었다.

하지만 배우도 아닌 우민이 왜 저 자리에 앉아 있단 말인가.

"얘들아, 긴장하지 마. 내가 분위기 리드해 나갈 테니까. 그냥 따라오면 돼."

유민아가 어이가 없다는 듯 중얼거렸다.

"긴장해서 청심환이나 먹는 녀석이 퍽이나."

"민아 너는 알잖아. 내가 MC 수업도 듣고 있는 거. MC나 패널이나 비슷하다 그러더라. '낄끼빠빠' 알지?"

낄 때 끼고 빠질 때 빠지라는 말이었다.

"딱 너한테 어울리는 말이네."

우민은 그저 지긋이 제작진들과 창 너머에 보이는 MC들을 살펴보았다.

그런 우민을 향해 유민아가 말했다.

"우민아, 내가 분량은 확실하게 챙겨달라고 했으니까 걱정 마."

"응. 걱정 안 해."

그러면서 몇몇 작가들과는 눈을 마주치며 웃어 보이는 여유까지 보였다.

서성모가 약간 아니꼽다는 식으로 말했다.

"형이 진짜 걱정되어 하는 말인데, 제작진분들 예의 없이 쳐다보면서 웃는 거 아냐. 바로 일어나서 꾸벅 고개 숙여야지."

우민은 굳이 대답하지 않았다. 눈을 흘긴 서성모가 다시 정면을 바라보자 녹화가 시작되었다는 PD의 신호가 떨어졌다.

MC들이 차례로 오늘의 출연자를 소개했다.

"요즘 한창 주가를 올리고 있는 배우입니다. 'MBS'의 기대작 '왕과 나'에 출연하고 있는 서성모."

다음이 유민아의 차례였다.

"작년 영화계 최대의 히트작 '귀성'에서 인상적인 연기를 보여준 배우입니다. 비주얼 깡패, 일상이 화보라는 유민아!"

이제 우민의 차례다. 소개자는 독설가로 유명한 김구리.

우민이 무표정으로 카메라를 보며 손을 흔들었다.

"쓰는 글마다 대박 행진, 이제는 음원 강자까지! 얼굴만 보면 아역 배우라 이번 특집에 출연하게 된 이우민!"

다음 출연자까지 총 4명의 소개가 끝나고 대기실에서 일어난 서성모가 가장 먼저 발걸음을 옮겼다.

문을 열고 들어가자 예능계를 휘어잡고 있는 MC들이 출연자들을 반겼다.

자리에 앉자마자 치열한 예능에서 살아남기 위한 MC들의 질문이 쏟아졌다.

첫 질문의 주인공은 유민아였다.

"섭외한 작가들 말 들어보니까 옆에 이우민 군이 출연해야 본인도 나오겠다고 했다는데, 특별한 이유가 있는 겁니까?"

일견 짓궂어 보이는 질문에도 유민아는 전혀 당황하지 않았다.

"우민이는 제가 제일 아끼는 동생이에요. 미래에 대작가님이 되실 분이라 미리 잘 보이고 싶다는 마음도 크고요."

"아, 그럼 전혀 사심은 없다?"

"제 사심 같아서는……."

유민아가 어린 나이답지 않은 그윽한 눈길로 우민을 바라보았다. 잠시간의 침묵이 더욱 사람들의 애간장을 태웠다.

"호호호, 보서서 알겠지만 한 번 보면 누구도 좋아하지 않을 수 없게 만들어요."

옆자리에 앉아 있던 서성모만은 다른 생각이었다.

'좋아하기는. 저 녀석이 얼마나 무서운 놈인데.'

신 피디님과 전화 연결이 됐을 때 내심 얼마나 놀랐는지 모른다. 그때만 생각하면 지금도 등 뒤에서 식은땀이 흘렀다.

다음 질문 대상은 서성모였다.

"옆에서 성모 씨가 보기에는 어떤가요? 민아 양을 좋아하는 친구들이 많을 것 같은데……."

갑작스러운 질문에 당황했는지 서성모가 헛소리를 내뱉었다.

"저, 저도 좋아해요."

"네?"

당황한 서성모가 황급히 말을 이었다.

"저도 우민이 좋아한다고요."

자기가 무슨 말을 하고 있는 건지 알지 못하는 표정이었다. 달동네 아이들을 촬영할 당시에도 그랬다.

아이들 무리에서는 항상 잘난 척을 했지만 이런 자리에서는 흡사 꿀 먹은 벙어리가 되었다.

우민이 도와주기 위해 한마디 툭 던졌다.

"저도 성모 형 좋아합니다."

보다 못한 MC도 도와주기 위해 나섰다.

"그럼 서로서로 좋아하는 삼각 관계인 걸로."

이제 우민의 차례가 되었는지 김구리가 우민을 바라보았다.

"보니까 경력이 참 화려한데요. 드라마, 소설, 이제는 음원까지… 수입 관리는 어머니께서?"

이미 알고 있는 질문이었다. 답도 생각해 놓았다.

"네. 아직 많지는 않아요. 이번 음원 많이 들어주시면 저희 어머니께서 더 많이 웃으실 것 같습니다."

우민의 농담에 MC들이 웃어 보였다. 서성모로 인해 딱딱해진 분위기가 살짝 풀어졌다.

대본을 읽어 내려가던 김구리가 놀랍다는 듯 물었다.

"오, 영재 탐험단 출신이네요?"

"하하, 뿐만 아니라 출전하는 공모전마다 입상해서 저 때문에 전국 글쓰기 공모전이 씨가 말라 버렸다는 소리까지 들었습니다."

우민이 정한 콘셉트였다.

약간 과하다 싶은 자신감.

흔히 오만, 거만이라고도 부르는 태도. 하지만 능력이 바탕이 된다면 그건 '팩트'가 된다.

"이거 검증을 한번 해봐야 하는데……."

이것도 이미 알고 있는 질문이었다.

"검증은 이미 된 것 같은데요? 지금 보시고 계신 대본, 제가 쓴 겁니다."

담담한 말투였지만 스튜디오 내에 발생한 파장은 작지 않았다. 동그랗게 커진 7쌍의 눈동자가 우민에게 집중되었다.

『재벌 작가』 2권에 계속…

초대형 24시 만화방

신간 100%, 샤워실, 흡연실, 수면실(침대석), 커플석, 세탁기 완비

▪ 시흥 정왕25시점 ▪

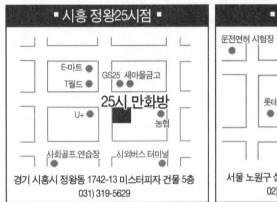

E-마트
T월드
GS25 새마을금고
25시 만화방
U+
농협
사회골프.연습장
시외버스.터미널

경기 시흥시 정왕동 1742-13 미스터피자 건물 5층
031) 319-5629

▪ 강북 노원역점 ▪

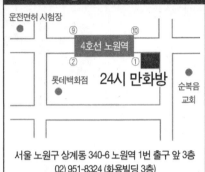

운전면허 시험장
⑨ ⑩
4호선 노원역
② ①
롯데백화점
24시 만화방
순복음
교회

서울 노원구 상계동 340-6 노원역 1번 출구 앞 3층
02) 951-8324 (화용빌딩 3층)

▪ 일산 정발산역점 ▪

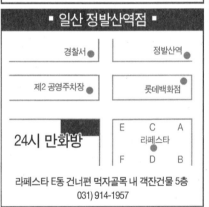

경찰서
정발산역
제2 공영주차장
롯데백화점
24시 만화방
E C A
라페스타
F D B

라페스타 E동 건너편 먹자골목 내 객잔건물 5층
031) 914-1957

▪ 일산 화정역점 ▪

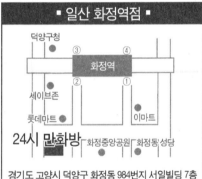

덕양구청
③ ④
화정역
② ①
세이브존
롯데마트
이마트
24시 만화방 화정중앙공원 화정동 성당

경기도 고양시 덕양구 화정동 984번지 서일빌딩 7층
031) 979-4874 (서일사우나 건물 7층)

▪ 부천 역곡역점 ▪

역곡역(가톨릭대)
CGV
역곡남부역 사거리
24시 만화방
홈플러스

역곡남부역 기업은행 건물 3층
032) 665-5525

▪ 부평역점 ▪

부평문화의거리 시장로터리
한남시티프라자
24시 만화방
나들가게
부평
지하상가 부평1번가 춘천집 부평점

(구)진선미 예식장 뒤 한신포차 건물 10층
032) 522-2871

전생부터 다시

FUSION FANTASTIC STORY

홍성은 장편소설

죽음으로 모든 걸 끝내고 싶지 않아
인간으로 환생하게 된 대마법사, 로렌 하트.

그러나 알 수 없는 괴물의 등장으로 인해 인류가 멸망해 버리고
홀로 살아남은 그는
고독과 외로움에 다시 한 번 더 환생을 결심하는데……

하지만 현생을 반복하는 것만으로는 의미가 없다.
시간을 되돌려 대마법사가 되기 전의 시절로 되돌아갈 것이다!

대마법사 로렌 하트, 전생부터 다시 시작한다!

Book Publishing CHUNGEORAM

유행이 아닌 자유추구 -
WWW.chungeoram.com

탑 레시피가 보여!

FUSION FANTASTIC STORY

레오퍼드 장편소설

잔혹한 음모에 휘말려 모든 걸 잃은
칼질의 고수, 요리사 강호검.
그의 앞에 두 가지 기적이 벌어졌으니!

"내 손… 하나도 안 떨잖아……"

인생의 전성기로 되돌아온 그와
그의 앞에 나타난 기물(奇物), **요리사의 돌!**

"네가 최고의 요리사가 되는 것이
이 아버지의 꿈이란다."

돌아가신 아버지와 자신의 꿈을 좇아
그가, 세계 최고의 자리로 향하기 시작한다.

Book Publishing CHUNGEORAM

유행이 아닌 자유추구 -
WWW.chungeoram.com

FUSION FANTASTIC STORY

인기영 장편소설

호감받고 성공더!

100

86/10

안경 여드름 돼지. 줄여서 안여돼.
그것이 김두찬의 인생이었다.

제발 한 번만,
단 한 번이라도 당당한 삶을 살아보고 싶어!

띠링!
우주 최초 리얼 시뮬레이션 '인생 역전'의
플레이어로 선정되셨습니다!
접속하시겠습니까?

**YES를 선택한 순간, 모든 것이 달라졌다.
안여돼 김두찬의 인생 역전기!**

Book Publishing CHUNGEORAM

유행이 아닌 자유추구 -
WWW.chungeoram.com